**A CIDADE
DE VAPOR**

Carlos Ruiz Zafón

A CIDADE DE VAPOR

TRADUÇÃO
Ari Roitman e Paulina Wacht

Copyright © 2020 by DragonStudios LLC

Grafia atualizada segundo o Acordo Ortográfico da Língua Portuguesa de 1990, que entrou em vigor no Brasil em 2009.

Título original
La Ciudad de Vapor

Capa
Ale Kalko

Foto de capa
Francesc Català-Roca, *La vía Layetana entre las calles Junqueras y Condal*, 1950

Preparação
Isis Pinto

Revisão
Luciane H. Gomide
Natália Mori Marques

Dados Internacionais de Catalogação na Publicação (CIP)
(Câmara Brasileira do Livro, SP, Brasil)

Ruiz Zafón, Carlos
    A cidade de vapor / Carlos Ruiz Zafón ; tradução Ari Roitman e Paulina Wacht. — 1ª ed. — Rio de Janeiro : Suma, 2021.

    Título original: La Ciudad de Vapor
    ISBN 978-85-5651-131-7

    1. Ficção espanhola I. Título.

21-78088   CDD-863

Índice para catálogo sistemático:
1. Ficção: Literatura espanhola   863

Cibele Maria Dias – Bibliotecária – CRB-8/9427

[2021]
Todos os direitos desta edição reservados à
EDITORA SCHWARCZ S.A.
Praça Floriano, 19, sala 3001 — Cinelândia
20031-050 — Rio de Janeiro — RJ
Telefone: (21) 3993-7510
www.companhiadasletras.com.br
www.blogdacompanhia.com.br
facebook.com/editorasuma
instagram.com/editorasuma
twitter.com/editorasuma

Aos poucos, qual figuras de vapor, pai e filho se confundem com os pedestres das Ramblas, seus passos para sempre perdidos na sombra do vento.

A sombra do vento

NOTA DO EDITOR

Depois de terminar a obra de sua vida, a saga O Cemitério dos Livros Esquecidos, com a publicação no Brasil em agosto de 2017 do último romance do quarteto, *O labirinto dos espíritos*, Carlos Ruiz Zafón pretendia que o próximo passo fosse reunir todos os contos em um só volume. Sua intenção era pôr à disposição dos leitores tanto os relatos que ele havia publicado em diversos formatos — seja em publicações periódicas, seja em separatas que acompanharam edições especiais dos seus romances — como outros que permaneciam inéditos.

Para esse fim, confiou a este editor os contos que aqui veem a luz pela primeira vez e o encarregou de recuperar os textos já publicados ao longo do tempo, preparando assim um volume que não deveria ser simplesmente uma recopilação de todos os seus contos. Entretanto, primeiro porque o lançamento do último volume da tetralogia ainda era recente e, depois, devido à doença do autor, era aconselhável adiar a edição.

Carlos Ruiz Zafón concebia esta obra, para além de sua entidade própria, como um reconhecimento aos leitores que o haviam seguido ao longo da saga iniciada em *A sombra do vento*. Hoje, devido ao caráter póstumo com que é publicada, tornou-se também uma homenagem da editora ao próprio Zafón, um reconhecimento ao qual se unirão, certamente, os leitores desse que é um dos escritores mais admirados do nosso tempo.

A cidade de vapor é uma ampliação do mundo literário do Cemitério dos Livros Esquecidos, seja pelo desenvolvimento de aspectos desconhecidos de alguns personagens, seja pelo aprofundamento na história da construção da mítica biblioteca, ou porque a temática, os motivos e a atmosfera que envolve esses relatos parecerão familiares aos leitores da saga. Escritores malditos, arquitetos visionários, identidades fraudadas, edifícios fantasmagóricos, uma plasticidade descritiva irresistível, a mestria no diálogo... e principalmente a promessa de que o relato, o conto e o próprio fato de narrar nos levarão a um território novo e fascinante.

De "Blanca e o adeus", o conto que inaugura o livro, a "Apocalipse em dois minutos", que funciona como despedida, as histórias vão se entrelaçando por meio da voz narrativa, da cronologia ou dos detalhes, para nos desenhar um mundo que se ergue pletórico ante os nossos olhos, por mais que seja um mundo de ficção, um universo de vapor.

Também em relação aos gêneros literários, *A cidade de vapor* nos mostra a habilidade com que Carlos Ruiz Zafón se serve deles para constituir uma literatura própria e inconfundível, na qual identificamos elementos do romance de iniciação, do romance histórico, do gótico, do thriller, do romântico, sem faltar o seu toque magistral do relato dentro do relato.

Mas não vamos distraí-lo mais, caro leitor. Talvez sejam desnecessárias as explicações sobre o valor e o reconhecimento obtidos pela obra de um autor quando este já deu ensejo a um adjetivo: cervantino, dickensiano, borgeano... Bem-vindo a um novo livro — infelizmente, o último — zafoniano.

Émile de Rosiers Castellaine

SUMÁRIO

Blanca e o adeus	13
Sem nome	33
Uma senhorita de Barcelona	41
Rosa de fogo	61
O príncipe do Parnaso	77
Lenda de Natal	125
Alicia, ao amanhecer	131
Homens cinzentos	139
A mulher de vapor	159
Gaudí em Manhattan	165
Apocalipse em dois minutos	177
Bibliografia	181

BLANCA E O ADEUS
(Das memórias nunca acontecidas de um tal David Martín)

1

Sempre invejei a capacidade de esquecer que algumas pessoas têm, pessoas para as quais o passado é como uma mudança de estação ou um par de sapatos velhos que basta condenar ao fundo do armário para perderem a capacidade de refazer os passos. Eu tive a infelicidade de me lembrar de tudo e de que tudo, por sua vez, me lembrasse de mim. Recordo uma primeira infância de frio e solidão, de tempos mortos observando o cinza dos dias e aquele espelho preto que enfeitiçava o olhar do meu pai. Praticamente não tenho lembranças de nenhum amigo. Posso evocar alguns rostos de crianças do bairro da Ribera com as quais eu às vezes brincava ou brigava na rua, mas nenhum que quisesse resgatar do país da indiferença. Nenhum, menos o de Blanca.

Blanca era uns dois anos mais velha que eu. Conheci-a num dia de abril, em frente ao portão da minha casa: ela vinha segurando a mão de uma criada que fora buscar livros numa pequena livraria de antiguidades em frente ao auditório em obras. Quis o destino que nesse dia a livraria só abrisse ao meio-dia e que a criada tivesse ido às onze e meia, criando uma lacuna de trinta minutos de espera durante os quais, sem que eu sequer desconfiasse, o meu destino seria selado. Por minha própria conta, eu jamais me atreveria a trocar uma palavra com ela. Sua indumentária, o seu cheiro e o seu jeito patrício de menina rica, blindada de sedas e tules, não deixavam a menor dúvida de que aquela criatura não pertencia ao meu mundo, e muito menos eu ao dela. Estávamos separados por poucos metros de rua e léguas de leis invisíveis. Eu me limitei a olhá-la da maneira como se admira objetos consagrados numa vitrine ou no mostrador de um desses magazines cujas portas parecem abertas, mas pelas quais você sabe que nunca vai passar na vida. Muitas vezes pensei que, se não fosse pela firme disposição do meu pai em relação ao meu asseio pessoal, Blanca nunca teria reparado em mim. Meu pai dizia que, na guerra, tinha visto sujeira suficiente para preencher nove vidas e, embora fôssemos mais pobres que um rato de igreja, ele me ensinou desde pequeno a me familiarizar com a água gélida que brotava, quando queria, da torneira do tanque e com aqueles sabonetes que cheiravam a água sanitária e arrancavam até os remorsos. Foi assim que, aos seus oito anos recém-completados, David Martín, um asseado zé--ninguém e futuro aspirante a literato de terceira, conseguiu tomar coragem suficiente para não desviar a vista quando aquela boneca de boa família pousou os seus olhos em mim e sorriu timidamente. Meu pai sempre me dizia que na vida devemos pagar aos outros na mesma moeda que recebemos. Ele se referia a bofetadas e outros desplantes, mas decidi seguir os seus ensinamentos e devolver aquele sorriso acrescentando, de quebra, um ligeiro movimento com a cabeça. Foi ela que se aproximou devagar e, olhando-me de cima a baixo, me estendeu a mão, num gesto que ninguém jamais me fizera antes, dizendo:

— Eu me chamo Blanca.

Blanca oferecia a mão como fazem as senhoritas nas comédias de salão, de palma para baixo e com a frouxidão de uma *demoiselle* parisiense. Na hora não me dei conta de que o correto seria me inclinar e tocá-la com os lábios; logo depois Blanca retirou a mão e levantou uma sobrancelha.

— E eu, David.

— Você sempre é tão mal-educado?

Eu ainda estava pensando numa saída retórica para compensar minha condição de plebeu ignorante, em busca de alguma demonstração de engenho e graça que salvasse a minha cara, quando a criada se aproximou de nós com um ar consternado e me olhou como se olha para um cão raivoso solto na rua. Ela era uma mulher de semblante severo e uns olhos negros e profundos que não revelavam a menor simpatia por mim. Pegou Blanca pelo braço e tirou-a do meu alcance.

— Com quem está falando, srta. Blanca? Você sabe que seu pai não quer que fale com estranhos.

— Não é um estranho, Antonia. Este aqui é o meu amigo David. Meu pai o conhece.

Fiquei petrificado enquanto a criada me observava de esguelha.

— David de quê?

— David Martín, senhora. Às suas ordens.

— Antonia não dá ordens a ninguém, David. Ela é quem recebe ordens. Não é, Antonia?

Foi só um instante, uma expressão que ninguém notaria, exceto eu que estava olhando atentamente para ela. Antonia deu uma espiada breve e sombria em Blanca, um olhar envenenado de ódio que gelou o meu sangue, antes de encobri-lo com um sorriso resignado e balançar a cabeça negando a importância do assunto.

— Pirralhos — murmurou em voz baixa, enquanto se retirava em direção à livraria, que já estava abrindo as portas.

Então Blanca fez menção de se sentar no degrau da nossa entrada. Até um tonto como eu sabia que aquele vestido não podia entrar em contato com os materiais ignóbeis e encarvoados que compunham o meu lar. Tirei meu casaco cheio de remendos e estendi-o no chão à guisa de tapete. Blanca se sentou sobre a minha melhor peça de roupa e suspirou, observando a rua e as gentes passando. Na porta da livraria, Antonia não tirava os olhos de nós, e eu fingia que não notava.

— Você mora aqui? — perguntou Blanca.

Apontei para o prédio contíguo, confirmando com a cabeça.

— E você?

Blanca me olhou como se aquela pergunta fosse a coisa mais estúpida que tinha ouvido em sua curta vida.

— Claro que não.

— Não gosta do bairro?

— Cheira mal, é escuro e frio, e as pessoas aqui são feias e muito barulhentas.

Nunca tinha me ocorrido resumir de tal maneira o mundo que eu conhecia, mas não encontrei argumentos sólidos para contradizê-la.

— E por que vem aqui?

— Meu pai tem uma casa perto do mercado do Born. Antonia me traz aqui para visitá-lo quase todo dia.

— E onde você mora?

— Em Sarriá, com a minha mãe.

Até um infeliz como eu já tinha ouvido falar daquele lugar, mas o fato é que nunca tinha estado lá. Imaginava que fosse como uma cidadela, com grandes mansões e avenidas de tílias, carruagens luxuosas e jardins frondosos, um mundo povoado de pessoas como aquela menina — só que mais altas. Sem dúvida era um mundo perfumado, luminoso, com uma brisa fresca e cidadãos de boa aparência e silenciosos.

— E por que é que seu pai mora aqui e não com vocês?

Blanca encolheu os ombros, desviando o olhar. O assunto parecia incomodá-la, e preferi não insistir.

— É só por uma temporada — explicou. — Vai voltar logo para casa.

— Claro — assenti, sem saber muito bem do que estávamos falando, mas com um tom de misericórdia de quem já nasce derrotado e versado em recomendar a resignação.

— A Ribera não é tão ruim assim, você vai ver. Acaba se acostumando.

— Não quero me acostumar. Eu não gosto deste bairro nem da casa que meu pai comprou. Não tenho amigos aqui.

Engoli em seco.

— Eu posso ser seu amigo, se quiser.

— E quem é você?

— David Martín.

— Você já disse isso.

— Acho que sou alguém que também não tem amigos.

Blanca virou o rosto e me olhou com uma mistura de curiosidade e reserva.

— Não gosto de brincar de pique-esconde nem de bola — advertiu.

— Eu também não.

Blanca sorriu e voltou a me oferecer a mão. Dessa vez fiz o meu melhor esforço para beijá-la.

— Você gosta de histórias? — perguntou.

— É do que mais gosto no mundo.

— Sei algumas que pouca gente conhece. Meu pai as escreve para mim.

— Eu também escrevo histórias. Quer dizer, invento e decoro.

Blanca franziu o cenho.

— Ah, é? Conte uma.

— Agora?

Blanca fez que sim, desafiante.

— Espero que não seja de princesinhas — ameaçou. — Odeio princesinhas.

— Bom, tem uma princesa... mas é muito má.

Seu rosto se iluminou.

— Má, como?

2

Naquela manhã Blanca se tornou minha primeira leitora, minha primeira audiência. Contei a ela, do melhor jeito que pude, meu relato de princesas e bruxos, de maldições e beijos envenenados em um universo de feitiços e palácios vivos que rastejavam como monstros infernais pelos terrenos inóspitos de um mundo de trevas. No fim da narração, quando a heroína afundava nas águas geladas de um lago negro com uma rosa amaldiçoada nas mãos, Blanca determinou para sempre o rumo da minha vida ao soltar uma lágrima e murmurar, emocionada e despida daquele verniz de senhorita de boa estirpe, que tinha achado minha história maravilhosa. Eu daria a minha vida para que aquele instante não se desvanecesse jamais. A sombra de Antonia se estendendo aos nossos pés me devolveu à prosaica realidade.

— Vamos logo, srta. Blanca. Seu pai não gosta quando chegamos tarde para comer.

A criada arrancou-a do meu lado e seguiu com ela rua abaixo, mas eu sustentei o seu olhar até que as silhuetas foram se perdendo e a vi despedir-se de mim com um aceno. Peguei meu casaco e vesti-o de novo, sentindo em mim o calor e o cheiro de Blanca. Sorri para dentro e entendi que era feliz, nem que fosse por alguns segundos, pela primeira vez na vida, e que minha existência, agora que eu tinha provado o sabor daquele veneno, nunca voltaria a ser a mesma.

Naquela noite, enquanto jantávamos pão com sopa, meu pai me olhou com severidade.

— Você está diferente. Aconteceu alguma coisa?

— Não, pai.

Fui cedo para a cama, fugindo do humor nefasto do meu pai. Deitado no escuro, fiquei pensando em Blanca, nas histórias que queria inventar para ela, e percebi que não sabia onde morava nem quando eu iria, quem sabe, voltar a vê-la.

Passei os dias seguintes procurando Blanca. Assim que meu pai adormecia ou fechava a porta do quarto e se entregava ao seu particular esquecimento, eu saía rumo à parte baixa do bairro, onde percorria os becos estreitos e escuros que rodeavam o passeio do Born na esperança de encontrar Blanca ou sua sinistra criada. Cheguei a memorizar cada curva e cada sombra daquele labirinto de ruas cujas paredes pareciam convergir umas contra as outras e fechar-se numa trama de túneis. As velhas rotas dos grêmios medievais desenhavam uma retícula de corredores que partiam da basílica de Santa María del Mar e se entrelaçavam num nó de passagens, arcos e curvas impossíveis, onde a luz do sol só penetrava durante alguns minutos por dia. Gárgulas e relevos marcavam os cruzamentos entre antigos palácios em ruínas e edifícios que cresciam uns sobre os outros como rochas numa falésia de janelas e torres. Ao entardecer, exausto, voltava para casa e chegava na hora em que meu pai tinha acabado de acordar.

No sexto dia, quando já estava começando a pensar que aquele encontro havia sido um sonho, enveredei pela rua dos Mirallers em direção à porta lateral da catedral. Uma neblina espessa havia descido sobre a cidade e se arrastava pelas ruas como um véu esbranquiçado. O pórtico da igreja estava aberto. Foi lá que vi, recortadas contra a entrada do templo, as silhuetas de uma mulher e uma menina vestidas de branco, que a névoa, um segundo depois, envolveu em seu abraço. Corri para aquele lugar e entrei na basílica. Uma corrente de ar arrastara a névoa para o interior da igreja e um manto fantasmagórico de vapor, aceso pelo fulgor das velas, flutuava sobre as filas de bancos da nave central. Reconheci Antonia, a criada, ajoelhada num dos confessionários com uma expressão de contrição e súplica. Eu não tinha a menor dúvida de que a confissão daquela víbora devia ter a mesma cor e a mesma consistência que o alcatrão. Blanca a esperava, sentada num dos bancos, com as pernas penduradas e o olhar perdido no altar. Eu me aproximei da ponta do banco e, nesse momento, ela se virou. Quando me viu, seu rosto se iluminou e ela sorriu, fazendo-me esquecer no mesmo instante os intermináveis dias de miséria que tinha passado tentando encontrá-la. Fui me sentar ao seu lado.

— O que está fazendo aqui? — perguntou-me.

— Vim à missa — improvisei.

— Não é hora de missa — riu.

Eu não quis mentir e abaixei os olhos. Não foi preciso dizer mais nada.

— Eu também senti a sua falta — disse ela. — Pensei que já devia ter se esquecido de mim.

Neguei. Aquela atmosfera de névoas e sussurros me encorajou e decidi fazer uma declaração daquelas que tinha preparado para os meus contos de magia e heroísmo.

— Eu nunca poderia me esquecer de você — respondi.

Eram palavras que podiam parecer ocas e ridículas se não estivessem na voz de um garoto de oito anos, que talvez não soubesse o que estava dizendo, mas sentia. Blanca olhou nos meus olhos com uma tristeza estranha, que não pertencia ao olhar de uma menina, e apertou a minha mão com força.

— Prometa que nunca vai se esquecer de mim.

A criada, Antonia, aparentemente já livre de pecados e pronta para reincidir, apareceu na entrada da fileira de bancos olhando-nos com hostilidade.

— Srta. Blanca?

Blanca não tirou os olhos de mim.

— Prometa.

— Prometo.

A criada levou de novo a minha única amiga. Vi as duas se afastando pelo corredor central da basílica e desaparecendo pela porta traseira que dava para o passeio do Born. Dessa vez, porém, uma ponta de malícia impregnou a minha melancolia. Alguma coisa me dizia que aquela criada era uma mulher de consciência frágil e devia visitar o confessionário com assiduidade para purgar as suas faltas. Os sinos do templo anunciaram as quatro da tarde, e o germe de um plano começou a se formar em minha mente.

A partir daquele dia, toda tarde eu ia para a igreja de Santa María del Mar às quinze para as quatro e me sentava num dos bancos mais próximos aos confessionários. Não se passaram sequer dois dias quando as vi aparecer de novo. Esperei até a criada se ajoelhar no confessionário e me aproximei de Blanca.

— Dia sim, dia não, às quatro — explicou-me num sussurro.

Sem perder um instante, peguei sua mão e levei-a para passear pela basílica. Eu tinha preparado para ela uma história que transcorria justamente ali, entre as colunas e capelas do templo, com um duelo final, entre um espírito maléfico forjado de cinzas e de sangue e um cavalheiro heroico, que ocorria na cripta que ficava debaixo do altar. Aquele seria o primeiro capítulo de uma série cheia de aventuras, sustos e romances bem descritivos que inventei para Blanca com o título *Os espectros da catedral* e que, com a minha imensa vaidade de autor novato, me pareciam um biscoito finíssimo. Terminei o primeiro capítulo bem a tempo de voltarmos para o confessionário ao encontro da criada, que dessa vez não me viu porque me escondi atrás de uma coluna. Durante umas duas semanas, Blanca e eu nos encontramos lá de dois em dois dias. Trocávamos histórias e sonhos de criança, enquanto a criada martirizava o pároco com uma prolixa enumeração dos seus pecados.

No fim da segunda semana, o confessor, um sacerdote com pinta de pugilista aposentado, reparou na minha presença e não demorou a ligar os pontinhos. Quando eu já ia escapulir, ele me fez um sinal indicando que me dirigisse para um confessionário. Seu ar de boxeador me convenceu, e acatei a ordem. Fui me ajoelhar no confessionário, tremendo diante da evidência de que o meu truque tinha sido descoberto.

— Ave María Puríssima — murmurei através da treliça.

— Por acaso eu tenho cara de freira, seu inseto?

— Desculpe, padre. É que não sei o que dizer.

— Não lhe ensinaram na escola?

— O professor é ateu e diz que vocês, padres, são um instrumento do capital.

— E ele, de quem é instrumento?

— Não disse. Acho que se considera um agente livre.

O padre riu.

— Onde aprendeu a falar assim? Na escola?

— Lendo.

— Lendo o quê?

— O que vier.

— Já lê a palavra do Senhor?

— O Senhor escreve?

— Continue se fazendo de espertinho, que vai acabar ardendo nos infernos.

Eu engoli em seco.

— Tenho que contar agora os meus pecados? — murmurei, angustiado.

— Não precisa. Estão estampados na sua testa. Que confusão é essa com a menina e a criada quase todos os dias?

— Que confusão?

— Não esqueça que isto aqui é um confessionário, e na saída Nosso Senhor fulmina com um raio destruidor quem mente para um padre — ameaçou o confessor.

— Tem certeza?

— Se eu fosse você, não arriscaria. Vamos, vá falando.

— Por onde começo? — perguntei.

— Pode pular as apalpadelas e os palavrões e me diga o que faz todo dia na minha paróquia às quatro da tarde.

A genuflexão, a penumbra e o cheiro de cera têm algo que incita a descarregar a consciência. Confessei até o primeiro espirro. O padre ouvia em silêncio, pigarreando cada vez que eu parava. No fim do meu depoimento, quando pensei que já seria mandado direto para o inferno, ouvi o padre rir.

— Não vai me dar uma penitência?

— Como você se chama, garoto?

— David Martín, senhor.

— É padre, não é senhor. Senhor é o seu pai, ou o Altíssimo, e eu não sou seu pai, sou um padre, no caso, o padre Sebastián.

— Perdoe-me, padre Sebastián.

— "Padre" é mais do que suficiente. E quem perdoa é o Senhor. Eu só administro. Agora, vamos ao caso. Desta vez, pode ir só com uma advertência e duas ave-marias. E como acho que o Senhor, em sua infinita sabedoria, escolheu este caminho insólito para fazer você se aproximar da igreja, proponho um trato. Meia hora antes de se encontrar com a sua *demoiselle*, dia sim, dia não, você vem e me ajuda a limpar a sacristia. Em troca, eu mantenho a criada ocupada aqui por uma meia hora, pelo menos, para lhe dar algum tempo.

— Vai fazer isso por mim, padre?

— *Ego te absolvo in nomine Patris et Filii et Spiritus Sancti.* E agora vá embora daqui.

3

O padre Sebastián demonstrou ser um homem de palavra. Eu chegava meia hora antes e o ajudava na sacristia, porque o coitado já estava um pouco manco e tinha dificuldade para se arranjar sozinho. Gostava de ouvir as minhas histórias, que para ele eram pequenas blasfêmias de caráter venial, mas que o divertiam, especialmente as de fantasmas e feitiços. Tive a impressão de que era um homem tão solitário como eu e, quando lhe confessei que Blanca era a minha única amiga, aceitou me ajudar. Eu vivia para aqueles encontros.

Blanca aparecia na igreja pálida e risonha, sempre usando roupas cor de marfim. Também estava sempre de sapatos novos e com medalhas de prata penduradas em um cordão. Ouvia as histórias que eu inventava e me falava do seu mundo e da casa grande e escura onde seu pai estava morando, perto dali, um lugar que lhe dava medo e que ela detestava. Às vezes me falava da mãe, Alicia, com quem residia na antiga casa da família em Sarriá. Outras vezes, quase chorando, se referia ao pai, a quem adorava, mas que, dizia, estava doente e quase não saía mais de casa.

— Meu pai é escritor — contava. — Como você. Mas não escreve mais histórias para mim, como fazia antes. Agora só escreve para um homem que às vezes o visita de noite. Eu nunca o vi, mas uma vez fui dormir lá e ouvi os dois conversando até bem tarde, trancados no gabinete do meu pai. Esse homem não é bom. Me dá medo.

Toda tarde, quando me despedia dela, voltava para casa sonhando acordado com o momento em que ia resgatá-la daquela existência de ausências, daquele visitante noturno que a assustava, daquela vida entre algodões que dia após dia lhe roubava a luz. Todas as tardes eu me dizia que não ia esquecê-la e que poderia, só me lembrando dela, salvá-la.

Um dia de novembro, que amanheceu coberto de azul e de geada nas janelas, fui encontrá-la como sempre, mas Blanca não apareceu. Durante duas semanas esperei em vão na basílica, todos os dias, que minha amiga surgisse por lá. Procurei-a em toda parte. Uma noite, quando meu pai me surpreendeu chorando, menti e disse que estava com dor de dente, embora nenhum molar jamais possa doer como me doía aquela ausência. O padre Sebastián, que já começava a ficar preocupado de ver-me ali esperando diariamente como uma alma penada, um dia veio sentar-se ao meu lado e quis me consolar.

— Talvez seja melhor esquecer sua amiga, David.

— Não posso. Prometi a ela que nunca ia esquecê-la.

Só havia passado um mês desde o seu desaparecimento quando percebi que estava começando a esquecer Blanca. Tinha deixado de ir à igreja dia sim, dia não, de inventar histórias para ela, de manter viva sua imagem na escuridão toda noite quando ia dormir. Tinha começado a esquecer o som da sua voz, seu cheiro e a luz do seu rosto. Quando entendi que a estava perdendo, quis falar com padre Sebastián e implorar que ele me perdoasse, que arrancasse de mim aquela dor que me devorava por dentro e me jogava na cara que eu tinha quebrado minha promessa e não conseguia me lembrar da única amiga que tive na vida.

Vi Blanca pela última vez no princípio daquele mês de dezembro. Eu tinha descido, estava no portão do prédio observando a chuva quando a divisei. Vinha andando sozinha sob a chuva, seus sapatos de verniz branco e seu vestido cor de marfim manchados de água das poças. Fui correndo ao seu encontro e vi que estava chorando. Perguntei o que havia acontecido, Blanca me abraçou e disse que seu pai estava muito doente e que ela fugira de casa. Respondi que não tivesse medo de nada, que nós dois iríamos fugir juntos, que se fosse preciso eu roubaria dinheiro para comprar duas passagens de trem e que deixaríamos a cidade para sempre. Blanca sorriu e me abraçou. Ficamos assim, abraçados em silêncio sob os andaimes das obras do Orfeão, até que uma grande carruagem preta abriu caminho em meio à neblina do temporal e parou à nossa frente. Uma figura escura desceu do veículo. Era Antonia, a criada. Arrancou Blanca dos meus braços e empurrou-a para o interior da carruagem. Blanca gritou e, quando eu quis segurá-la pelo braço, a criada se virou e, com toda a força que tinha, me deu um bofetão. Eu caí de costas nos paralelepípedos da rua, aturdido com a pancada. Quando me levantei, a carruagem já estava se afastando.

Persegui a carruagem sob a chuva até as obras de abertura da Via Layetana. A nova avenida era um vale comprido e cheio de sarjetas enlameadas que, destroçando a selva de becos e casas do bairro da Ribera, avançava na base de machadadas de dinamite e guindastes de demolição. A carruagem se desviava dos buracos e das poças da rua, ganhando distância. Na tentativa de não perder seu rastro, fui me encarapitar num monte de pedras e terra que ladeava uma sarjeta alagada pela chuva. De repente senti que o terreno cedia sob os meus pés e escorreguei. Rolei monte abaixo até cair de bruços numa poça de água que tinha se formado na sarjeta. Consegui pôr os pés no chão e tirar a cabeça do líquido, que chegava até a minha cintura. Vi então que a água estava contaminada e cheia de aranhas pretas flutuando e circulando pela superfície. Os bichos se lançaram sobre mim e cobriram minhas mãos e meus braços. Gritei, sacudindo os braços e escalando as paredes de terra da sarjeta, tomado de pânico. Quando consegui sair daquela vala inundada, já era tarde. A carruagem estava sumindo cidade acima, sua silhueta se desvanecia no manto de chuva. Encharcado até os ossos, arrastei-me de volta para casa, onde meu pai continuava dormindo trancado em seu quarto. Tirei a roupa e fui me deitar tremendo de raiva e de frio. Vi que a pele das minhas mãos e dos meus braços estava cheia de pontinhos vermelhos que sangravam. Picadas. As aranhas da sarjeta não tinham perdido tempo. Senti que o veneno ardia no meu sangue e então perdi os sentidos, caindo num abismo de escuridão entre a consciência e o sonho.

Sonhei que estava debaixo de um temporal, percorrendo as ruas desertas do bairro em busca de Blanca. A chuva negra metralhava as fachadas e o resplendor dos relâmpagos me permitia divisar umas silhuetas ao longe. Uma grande carruagem preta se arrastava em meio à névoa. Blanca estava lá dentro, socando os vidros e gritando. Segui os seus gritos até uma rua estreita e tenebrosa, onde vi a carruagem parar em frente a uma grande casa escura que se contorcia num torreão apunhalando o céu. Blanca descia da carruagem e me olhava, estendendo as mãos num gesto de súplica. Eu queria correr até ela, mas meus passos só me permitiam avançar alguns metros, a duras penas. Foi então que uma grande silhueta escura apareceu na porta da casa, um grande anjo com rosto de mármore que me olhava e sorria como um lobo, abrindo suas asas negras sobre Blanca e envolvendo-a em seu abraço. Eu gritava, mas um silêncio absoluto havia desabado sobre a cidade. Num instante infinito, a chuva ficou suspensa no ar, como um milhão de lágrimas de cristal flutuando no vazio, e vi o anjo beijar a testa de Blanca, com os lábios marcando sua pele como se fossem ferro em brasa. Quando a chuva tocou no chão, ambos tinham desaparecido para sempre.

SEM NOME

Barcelona, 1905

Anos depois me disseram que a viram pela última vez enveredando por aquela avenida sombria que vai até a porta do Cemitério do Leste. Já estava entardecendo, e um vento gelado do norte arrastava uma abóbada de nuvens vermelhas sobre a cidade. Ela estava sozinha, tremendo de frio e deixando um rastro de passos incertos no manto de neve que havia começado a cair no meio da tarde. Quando chegou ao umbral do campo-santo, a garota parou por um instante para recuperar o fôlego. Um bosque de anjos e cruzes se insinuava atrás dos muros. Um fedor de flores mortas, cal e enxofre lambeu seu rosto, convidando-a para entrar. Ela já ia seguir em frente quando uma pontada de dor se esgueirou entre as suas vísceras como um ferro em brasa. Levou as mãos à barriga e respirou fundo, resistindo à náusea. Por um instante interminável só existiam para ela a agonia e o medo de não poder dar mais um passo, de desabar em frente ao portão do cemitério e de ser encontrada lá ao amanhecer, abraçada àquelas grades de lanças como uma figura de fel e de geada, com o filho que estava em seu ventre definitivamente preso num sarcófago de gelo.

Teria sido tão fácil para ela desistir ali mesmo, deitada na neve, e fechar os olhos para sempre. Mas sentia aquele alento de vida pulsar em suas vísceras, um alento que não queria se apagar, que a mantinha em pé, e entendeu que não se entregaria nem à dor nem ao frio. Conseguiu juntar forças que não tinha e se levantou. Laçadas de dor apertavam seu ventre, mas ela as ignorou e apressou o passo. Não parou até deixar para trás o labirinto de sepulturas e estátuas emboloradas. Só então, quando levantou a vista, sentiu um sopro de esperança ao avistar, recortando-se nas trevas do crepúsculo, a grande porta de ferro forjado que levava à Velha Fábrica de Livros.

Mais à frente, o Pueblo Nuevo se espalhava na direção de um horizonte de cinzas e sombras. A cidade das fábricas desenhava o reflexo escuro de uma Barcelona embruxada por centenas de chaminés que sangravam o seu hálito negro sobre o escarlate do céu. À medida que a garota penetrava na meada de becos aprisionados entre galpões e armazéns cavernosos, seus olhos reconheciam algumas das grandes estruturas que dominavam o bairro, da fábrica de Can Saladrigas à Torre das Águas. A Velha Fábrica de Livros se distinguia entre todas elas. Do seu perfil extravagante emergiam torres e pontes suspensas que sugeriam ser obra de algum arquiteto diabólico que houvesse descoberto a maneira de burlar as leis da perspectiva. Cúpulas, minaretes e chaminés cavalgavam uma babel de abóbadas e naves sustentadas por dúzias de arcobotantes e colunas. Esculturas e relevos serpenteavam por seus muros, e domos crivados de janelas disparavam agulhas de luz espectral.

A garota olhou a bateria de gárgulas que arrematava as cornijas e supurava colunas de vapor que exalavam um perfume amargo de tinta e papel. Sentindo que a dor inflamava de novo suas vísceras, apressou os passos até a grande entrada principal e bateu a aldrava. Ouviu-se o eco amortecido de um sino atrás de um portão de ferro forjado. A garota olhou para trás e constatou que em poucos instantes o rastro de suas pegadas já estava revestido outra vez pela neve. Um vento gélido e afiado a encurralava contra o portão. Bateu de novo a aldrava com força, duas ou três vezes, mas não teve resposta. A tênue claridade que a envolvia parecia se desvanecer em alguns momentos, com as sombras se estendendo rapidamente aos seus pés. Sabendo que não tinha muito tempo, recuou alguns passos e se afastou do portão para examinar as janelas da fachada principal. Havia uma silhueta recortada em uma das vidraças enfumadas, imóvel como uma aranha no meio da sua teia. A garota não conseguiu ver o rosto nem reconhecer nada além do traçado de um corpo feminino, mas soube que estava sendo observada. Balançou os braços e soltou a voz pedindo ajuda. A silhueta permaneceu imóvel até que, de repente, a luz que a perfilava se apagou. A janela ficou totalmente escura, mas a garota pôde ver que os dois olhos que a observavam fixamente continuavam naquela sombra, imóveis, brilhando no crepúsculo. Pela primeira vez o medo a fez esquecer o frio e a dor. Bateu a aldrava pela terceira vez, e quando entendeu que dessa forma também não teria resposta, começou a golpear a porta com os punhos e a gritar. Bateu até suas mãos sangrarem, implorando por socorro até que sua voz se cortou e suas pernas não conseguiram mais sustentá-la. Prostrada em uma poça gelada, a garota fechou os olhos e ouviu o palpitar de vida em seu ventre. Pouco depois, a neve começou a cobrir seu rosto e seu corpo.

O crepúsculo já ia se espalhando como tinta derramada quando a porta se abriu, projetando um leque de luz sobre o corpo. Duas figuras munidas de lampiões a gás se ajoelharam ao seu lado. Um dos homens, corpulento e com o rosto picado de varíola, afastou o cabelo da testa da garota. Ela abriu os olhos e sorriu. Os dois homens se entreolharam e o segundo, mais jovem e miúdo, apontou para alguma coisa brilhando na mão da garota. Um anel. O rapaz fez menção de tirá-lo, mas seu companheiro o deteve.

Os dois a levantaram. O mais velho e mais forte a pegou nos braços e mandou o outro ir correndo buscar ajuda. O jovem concordou a contragosto e desapareceu no crepúsculo. A garota olhava fixamente para os olhos do homem corpulento que a levava nos braços, murmurando uma palavra que não chegava a se formar em seus lábios cortados pelo frio. *Obrigada, obrigada.*

O homem, que mancava ligeiramente, levou-a para o que parecia uma cocheira, junto à entrada da fábrica. Lá dentro a garota escutou outras vozes e sentiu que vários braços a levantavam e a estendiam em uma mesa de madeira em frente ao fogo. Pouco a pouco, o calor das chamas fundiu as lágrimas de gelo que perlavam o seu cabelo e o seu rosto. Duas garotas, tão jovens como ela e vestidas como criadas, a enrolaram num cobertor e começaram a esfregar seus braços e pernas. Mãos com cheiro de especiarias levaram uma taça de vinho quente aos seus lábios. O líquido morno escorreu por suas entranhas como um bálsamo.

Deitada em cima da mesa, a garota vasculhou o lugar com os olhos e entendeu que se encontrava numa cozinha. Uma das criadas ajeitou sua cabeça e a garota largou-a para trás, sobre uns panos. Assim estendida, via o aposento invertido, as panelas, as frigideiras e os utensílios suspensos desafiando a gravidade. Foi assim que a viu entrar. O rosto pálido e sereno da dama de branco se aproximou lentamente, vindo da porta, como se estivesse andando no teto. As criadas se afastaram para ela passar e o homem corpulento, abaixando os olhos com uma ponta de medo, retirou-se rapidamente. A garota ouviu os passos e as vozes mais distantes e entendeu que estava a sós com a dama de branco. Viu que a outra se inclinava sobre ela e sentiu seu hálito, quente e doce.

— Não tenha medo — murmurou a dama.

Seus olhos cinzentos a estudavam em silêncio enquanto roçava sua bochecha com o dorso da mão, a pele mais suave que a garota já havia conhecido. Esta pensou que a dama tinha a presença e o porte de um anjo torto, caído do céu entre as teias do esquecimento. Buscou a proteção do seu olhar. A dama sorriu e acariciou seu rosto com uma doçura infinita. Ficaram assim quase meia hora, quase em silêncio, até que se ouviu um vozerio no pátio e as criadas voltaram na companhia do homem mais jovem e de um cavalheiro com um casacão grosso trazendo na mão uma grande maleta preta. O médico se aproximou dela e tomou o pulso. Seus olhos a observavam com inquietação. Apalpou a barriga e suspirou. A garota não entendia bem as ordens que o doutor dava aos criados que haviam se aglomerado em volta do fogo. Foi só nesse momento que ela teve forças para perguntar, recuperando a voz, se o seu filho ia nascer saudável. O médico, que a julgar por sua fisionomia já dava por mortos os dois, limitou-se a trocar olhares com a dama de branco.

— David — murmurou a garota. — Vai se chamar David.

A dama assentiu e beijou-a na testa.

— Agora você tem que ser forte — sussurrou-lhe ao ouvido, apertando a sua mão com firmeza.

Anos mais tarde, eu soube que aquela garota de apenas dezessete anos tinha ficado ali em silêncio absoluto, sem articular um só gemido, de olhos abertos e com lágrimas escorrendo pelas bochechas enquanto o doutor abria o seu ventre com um bisturi e trazia ao mundo um menino que só iria se lembrar dela por intermédio das palavras de estranhos. Infinitas vezes me perguntei se chegou a ver como a dama de branco lhe dava as costas e, enquanto ela estendia os braços e implorava que a deixassem ver seu filho, pegava o bebê e o acalentava no colo de seda branca. Frequentemente me perguntei se aquela garota chegou a ouvir o choro do filho se afastando nos braços de outra mulher quando a deixaram sozinha naquela sala, onde ficou deitada em uma poça do próprio sangue até que voltaram para envolver num sudário o seu corpo que ainda tremia. E me perguntei se ela sentiu quando uma das criadas, lutando com o anel na sua mão esquerda, rasgou a pele para roubá-lo enquanto seu corpo era arrastado de volta para a noite e os dois homens que a haviam resgatado a colocavam numa carroça. Também me perguntei tantas e tantas vezes se ela ainda estava respirando quando os cavalos pararam e os dois homens ergueram o sudário para jogá-lo na vala que arrastava as águas servidas de cem fábricas na direção da tundra de barracos e casebres de bambu e papelão que cobriam a praia de Bogatell.

Quis acreditar que, no último momento, quando as águas fétidas a cuspiram no mar e o sudário que a envolvia se abriu na correnteza para entregar seu corpo às trevas sem fundo, ela soube que o menino que dera à luz viveria e se lembraria dela para sempre.

Nunca soube o seu nome.

Aquela garota era minha mãe.

UMA SENHORITA DE BARCELONA

Laia tinha cinco anos na primeira vez que seu pai a vendeu. Foi um acordo inocente e piedoso, sem outra malícia além da que é inspirada pela fome e a pressão das dívidas. Eduardo Sentís, fotógrafo e retratista sem fortuna nem glória, tinha acabado de herdar o estúdio daquele que fora o seu mentor e patrão durante mais de vinte anos. Havia começado como aprendiz e praticante, depois passou a auxiliar e, finalmente, após receber o título, mas não o salário, a fotógrafo e gerente adjunto. O estúdio ocupava um amplo espaço, situado num subsolo da rua Consejo de Ciento, e tinha quatro *sets*, duas salas de revelação e um depósito repleto de equipamento antiquado e em estado precário. Com ele, Eduardo também herdou as inúmeras dívidas deixadas por seu patrão, que era um homem mais de lentes e placas que de clareza nas contas. No dia em que ele faleceu, Eduardo Sentís estava sem receber o salário havia mais de seis meses. Nas palavras do testamenteiro, a passagem post mortem do negócio e do misérrimo patrimônio que vinha de complemento pretendiam ser uma recompensa justa por sua devota e austera dedicação. Assim que a luz e os taquígrafos se lançaram sobre as contas do negócio, Eduardo Sentís entendeu que, mais que uma herança, o que seu patrão lhe havia deixado em troca de sua juventude e de todos os seus esforços era simplesmente uma maldição. Teve que demitir todos os funcionários e arcar sozinho com a sobrevivência do estúdio e a sua própria. Até então, boa parte dos negócios que o estúdio gerava se concentrava em eventos familiares de diversos teores, que iam de casamentos e batizados a funerais e comunhões. Cerimônias fúnebres e enterros eram uma especialidade da casa, e Eduardo Sentís havia se acostumado a iluminar e retratar melhor os defuntos que os vivos, até porque aqueles nunca ficavam fora de foco nas longas exposições, já que não se mexiam nem tinham que prender a respiração.

Foi sua reputação como retratista de trevas que lhe propiciou uma encomenda que, a princípio, parecia uma coisa simples e sem maiores complicações. Margarita Pons, infanta de cinco anos e filha de um abastado casal proprietário de um palacete na avenida do Tibidabo e uma vila industrial à beira do Ter, havia falecido no Ano-Novo de 1898, vítima de umas febres estranhas. Sua mãe, dona Eulalia, desabara numa crise de nervos que os médicos da família tentaram rapidamente atenuar com doses generosas de láudano. Don Federico Pons, páter-famílias e cavalheiro sem tempo nem lugar para sentimentalismos, tinha visto mais de um filho morrer e não derramou lágrimas nem lamentos. Já contava com um herdeiro primogênito varão, saudável e bem-disposto. A perda de uma filha, embora triste, não deixava de significar uma economia, em longo e médio prazo, para o patrimônio familiar. A intenção dele era realizar com rapidez as cerimônias fúnebres e o enterro, no panteão familiar do cemitério de Montjuïc, a fim de restabelecer o quanto antes a rotina de trabalho diário; mas dona Eulalia, criatura frágil e propensa a deixar-se persuadir pelas sinistras damas da sociedade espírita A Luz, sediada na rua Elisabets, não estava em condições de virar a página com tanta determinação. Na intenção de silenciar os seus suspiros, Don Federico aceitou que fosse feita uma série de retratos da infanta falecida, tal como a mãe desejava, antes que os funcionários da funerária procedessem ao acondicionamento eterno do cadáver num ataúde de marfim pontilhado de cristais azuis.

Eduardo Sentís, retratista de defuntos, foi convocado ao palacete na avenida de Tibidabo onde os Pons residiam. A propriedade ficava meio escondida atrás de um arvoredo frondoso que se acessava por uma porta de grades metálicas que havia na esquina da avenida com a rua Josep Garí. Era um dia cinza e mal-encarado, amostra grátis daquele inverno hostil e propenso a brumas que tanto infortúnio havia trazido ao pobre Sentís. Como ele não tinha com quem deixar sua filha Laia, decidiu levá-la consigo. Com a menina em uma das mãos e sua maleta de lentes e foles na outra, Sentís subiu no bonde azul e adentrou no palacete dos Pons com o firme propósito de começar o ano com dinheiro no bolso. Foi recebido por um empregado que o guiou através do jardim até o casarão, onde o levaram para uma pequena sala de espera. Laia olhava tudo à sua volta com olhos fascinados, porque nunca tinha visto um lugar como aquele, que parecia ter saído de um conto de fadas — mas daqueles com uma madrasta pérfida e espelhos envenenados cheios de más recordações. Lustres de cristal pendiam do teto, havia estátuas e quadros ocupando as paredes e grossos tapetes persas cobrindo o chão. Sentís, vendo aquela fortuna em peso morto, sentiu-se tentado a aumentar sua tarifa. Foi recebido por Don Federico, que quase não olhou para ele e tratou-o no mesmo tom que usava com os lacaios e operários de fábrica. Teria uma hora para fazer uma série de retratos da infanta falecida. Quando viu Laia, Don Federico franziu o cenho em sinal de desaprovação. Era um dogma vigente entre os homens da sua família que a utilidade do gênero feminino se concentrava na alcova, na mesa ou na cozinha, e aquela pirralha não tinha idade nem linhagem para ser considerada em nenhum dos três casos. Sentís justificou a presença da menina alegando que a urgência da encomenda o impedira de encontrar alguém para ficar com ela. Don Federico limitou-se a dar um suspiro de desaprovação e indicou ao fotógrafo que o seguisse escada acima.

A infanta tinha sido colocada num quarto do primeiro andar. Estava estendida em um leito amplo todo coberto de lírios brancos, com as mãos cruzadas sobre o peito em torno de um crucifixo e ataviada com uma tiara de flores na testa e um vestido de seda vaporosa. Dois criados guardavam a porta em silêncio. Um feixe de luz de cinzas caía da janela sobre o rosto da infanta. Sua pele havia adquirido um aspecto e uma cor marmóreos. Veias azuis e negras percorriam a cútis semitransparente. Seus olhos estavam afundados nas órbitas, e os lábios eram de uma cor púrpura. O quarto fedia a flores mortas.

Sentís disse a Laia que esperasse no corredor e foi armar seu tripé e sua câmera em frente ao leito. Calculou que ia tirar seis placas ao todo. Dois primeiros planos com uma das lentes de longa distância. Dois planos médios da cintura para cima e mais dois planos gerais, de corpo inteiro. Todas do mesmo ângulo, porque temia que um perfil ou um plano três quartos acentuassem a rede de veias e capilares escuros que afloravam sob a pele da menina e gerassem imagens ainda mais sinistras, se tal coisa fosse possível, do que a situação impunha. Uma ligeira superexposição queimaria de branco partes da pele e suavizaria a imagem com uma aura mais quente e difusa para o corpo e maior profundidade de campo e detalhamento no entorno. Enquanto preparava as lentes, notou que alguma coisa estava se mexendo num ângulo do quarto. O que lhe parecera a princípio uma estátua entre várias outras era uma mulher vestida de preto, com o rosto coberto por um véu. Tratava-se de dona Eulalia, a mãe da infanta, soluçando em silêncio e se arrastando pelo quarto como uma alma penada. Por fim, aproximou-se da menina e acariciou seu rosto.

— Meu anjo fala comigo — disse a Sentís. — Não está ouvindo?

Sentís fez que sim e continuou com seus preparativos. Quanto mais cedo saísse dali, melhor. Quando já estava tudo pronto para começar a fazer as primeiras imagens, o fotógrafo pediu à mãe que se retirasse por uns instantes do campo de visão da câmera. Ela beijou a testa do cadáver e se colocou atrás dele.

Sentís estava tão absorto em seu trabalho que não percebeu que Laia havia entrado no quarto e estava em pé ao seu lado, olhando congelada a menina morta estendida na cama. Antes que pudesse fazer qualquer coisa, a senhora Pors foi até Laia e se ajoelhou à sua frente. "Olá, meu bem. Você é o meu anjo?", perguntou. A dona da casa pegou a filha de Sentís nos braços e apertou-a contra o peito. Sentís sentiu seu sangue gelar. A mãe da menina morta cantava um acalanto para Laia enquanto a balançava nos braços, dizendo que ela era o seu anjo e que nunca mais iam se separar. Nesse momento apareceu Don Federico, que retirou a menina dos seus braços e levou a esposa do quarto. Dona Eulalia chorava e implorava que a deixassem com o seu anjo, com os braços estendidos em direção a Laia. Quando ficaram sozinhos, o fotógrafo expôs as placas o mais rápido que pôde e guardou o equipamento. Na saída,

Don Federico já o esperava no saguão com o pagamento pelos seus serviços dentro de um envelope. Sentís viu que havia o dobro da quantia combinada. Don Francisco o observava com uma mistura de ânsia e desprezo. Fez a oferta ali mesmo: em troca de uma generosa quantia, o fotógrafo traria de novo sua filha ao palacete dos Pons no dia seguinte e a deixaria até o anoitecer. Sentís, estupefato, olhou para a filha e depois para Pons. O industrial dobrou a soma oferecida. Sentís negou em silêncio. "Pense melhor", foi tudo o que Pons lhe disse ao se despedir.

O fotógrafo passou a noite em claro. Laia encontrou o pai chorando na penumbra do estúdio e pegou sua mão. Disse a ele que a levasse àquela casa, que ela seria o tal anjo e que brincaria com a senhora. No meio da manhã, chegaram de volta às portas do palacete. Sentís recebeu o dinheiro por intermédio de um lacaio, que lhe disse que voltasse às sete da noite. Viu Laia desaparecer no interior do casarão e se arrastou avenida abaixo até encontrar um bar, no alto da rua Balmes, onde lhe serviram um copo de conhaque, e mais outro, e outros mais, e todos os que foram necessários até que chegou a hora de ir buscar a filha.

Laia passou o dia brincando com dona Eulalia e as bonecas da falecida. Dona Eulalia vestiu-a com as roupas da morta, beijou-a e ficou com ela no colo contando-lhe histórias e falando dos seus irmãos, da tia, de um gato que tiveram e fugiu da casa. Brincaram de esconde-esconde e subiram ao sótão. Correram pelo jardim e lancharam em frente ao chafariz do pátio, jogando miolo de pão para os peixes coloridos que sulcavam as águas do laguinho. Ao anoitecer, dona Eulalia foi se deitar com Laia ao lado e tomou seu copo de água com láudano. Assim, abraçadas na penumbra, as duas adormeceram até que um dos criados veio acordar Laia e levou-a até a porta, onde seu pai a esperava com os olhos rubros de vergonha. Quando a viu, caiu de joelhos e abraçou-a. O lacaio lhe deu um envelope com o dinheiro e as instruções de que levasse a menina no dia seguinte à mesma hora.

Naquela semana, Laia foi diariamente ao palacete dos Pons para se transformar no pequeno anjo, brincar com seus brinquedos, usar suas roupas, responder pelo seu nome e desaparecer dentro da sombra da menina morta que enfeitiçava cada recanto daquela casa triste e escura. No sexto dia, suas recordações eram as da pequena Margarita, e sua existência passada se evaporara. Tinha se transformado naquela presença desejada e aprendido a encarná-la com mais intensidade que a própria morta. Tinha aprendido a ler olhares e desejos, escutar o tremor dos corações doentes de perda e encontrar os gestos e os toques que consolavam o inconsolável. Sem saber, tinha aprendido a tornar-se outra pessoa, a ser nada e ninguém, a viver na pele de outros. Nunca pediu ao pai que não a levasse àquele lugar nem lhe contou o que acontecia nas longas horas que passava lá. O fotógrafo, ébrio de dinheiro e de alívio, aplacava sua consciência com a desculpa de que fazia uma boa obra, um ato de piedade cristã. "Se você não quiser, não precisa mais ir a essa casa, ouviu?", dizia-lhe o pai toda noite quando voltavam do palacete dos Pons. "Mas estamos lhes fazendo um bem."

O pequeno anjo evaporou ao chegar o sétimo dia. Disseram que dona Eulalia tinha acordado de madrugada e, não vendo a menina ao seu lado, começou a procurá-la freneticamente pela casa toda, na crença de que ainda estavam brincando de esconder. O láudano e a escuridão a levaram até o jardim, onde julgou ouvir uma voz e encontrar o olhar de um pequeno anjo, com o rosto sulcado de veias azuis e lábios negros de veneno, que a chamava debaixo das águas do lago e a convidava para mergulhar, aceitando o abraço gelado e silencioso das trevas que a arrastavam e sussurravam: "Mãe, agora vamos ficar juntas para sempre, como você queria".

Durante anos o fotógrafo e sua filha percorreram as cidades e aldeias de todo o país com seu circo de enganos e prazeres. Aos dezessete, Laia já tinha aprendido a encarnar vidas e rostos a partir de algumas folhas de papel, de uma velha fotografia, de um relato esquecido ou de lembranças que resistiam à morte. Às vezes sua arte servia para ressuscitar a saudade de um primeiro amor secreto e proibido, e sua carne trêmula se despertava sob as mãos de amantes já em retirada, pessoas que puderam comprar tudo na vida menos aquilo que mais desejavam e haviam perdido.

Negociantes ricos de dinheiro e carentes de vida acordavam, talvez por alguns minutos, na cama de mulheres que a garota havia construído a partir de um desejo secreto, das páginas de um jornal ou de um retrato de família, cuja lembrança os acompanharia pelo resto da vida. Às vezes o milagre da sua arte atingia tal perfeição que o cliente perdia a noção de que aquilo era só uma ilusão para nublar seus sentidos e envenená-los de prazer durante alguns instantes. E acreditava que a garota era mesmo quem dizia ser, que o objeto do seu desejo havia adquirido vida — e então não queria deixá-lo ir embora. O cliente estava disposto a perder sua fortuna ou a vida vazia e erma que havia arrastado até então para viver o resto da sua ilusão nos braços daquela garota que encarnava aquilo que ele mais desejava.

Quando isso acontecia, e acontecia cada vez com mais frequência, porque Laia havia aprendido a ler a alma e o desejo dos homens com tal precisão que até seu pai às vezes sentia que o jogo havia chegado longe demais, os dois partiam de madrugada, como fugitivos, e se escondiam em outra cidade, em outras ruas, durante semanas. Nesses períodos Laia passava o dia escondida na suíte de um hotel de luxo, dormindo quase o tempo todo, mergulhada numa letargia de silêncio e de tristeza, enquanto seu pai percorria os cassinos da cidade e em poucos dias perdia toda a fortuna que haviam acumulado. As promessas de abandonar aquela vida eram quebradas, e seu pai a abraçava e sussurrava que seria só mais uma vez, mais um cliente, e depois se mudariam para uma casa em frente a um lago, onde Laia nunca mais teria que dar vida aos desejos ocultos de algum cavalheiro endinheirado e doente de solidão. Laia sabia que o seu pai mentia, que mentia sem saber que mentia, como todos os grandes mentirosos que primeiro mentem para si mesmos e depois não são mais capazes de admitir a verdade mesmo que ela apunhale o seu coração. Sabia que ele mentia e o perdoava, porque o amava e porque, no fundo, queria que o jogo continuasse, que encontrasse logo algum outro personagem a que dar vida, para assim preencher, nem que fosse por uns dias ou algumas horas, o grande vazio que não parava de crescer em seu interior e a comia viva todas as noites, entre os lençóis de seda das suítes de hotéis de categoria, enquanto esperava a volta do pai, ébrio de bebida e de fracasso.

Todo mês Laia recebia a visita de um homem maduro e de semblante derrotado, que seu pai chamava de doutor Sentís. Esse médico, um homem frágil que vivia escudado atrás de uns óculos com os quais pretendia esconder o seu olhar de desesperança e derrota, já havia conhecido dias melhores. Em seus anos mais jovens e mais prósperos, o dr. Sentís mantinha um consultório de prestígio na rua Ausias March frequentado por damas e *demoiselles* na idade de se casar. Ali, de pernas abertas e deitada na sala de teto azul, a nata da burguesia barcelonesa não tinha segredos nem pudores com o bom doutor. Suas mãos haviam trazido ao mundo centenas de infantes de boa família, e seus cuidados e conselhos salvaram a vida e, muitas vezes, a reputação de pacientes que haviam sido deseducadas para que boa parte do seu corpo, a parte que mais queimava e pulsava, guardasse mais segredos que o mistério da Santíssima Trindade.

O doutor Sentís tinha as maneiras serenas e o tom amistoso e saudável de alguém que não vê vergonhas nem rubores nas coisas da vida. Afável e tranquilo, ele sabia conquistar a confiança e o apreço de mulheres e garotas atemorizadas por freiras e frades de aluguel que só apalpavam as próprias vergonhas na penumbra e por instâncias do maligno. Explicava a elas o funcionamento do corpo sem dramas nem pudores e lhes ensinava a não ter vergonha alguma daquilo que, segundo ele, era apenas a obra do Senhor. Naturalmente, um homem de talento e sucesso como aquele, íntegro e honrado, não podia durar na boa sociedade e, mais cedo do que se podia imaginar, sua hora chegou. A queda dos justos é sempre obra daqueles que mais lhes devem. Não traímos quem quer nos afundar, e sim quem nos estende a mão — nem que seja só para não reconhecer a nossa dívida de gratidão com ele.

No caso do doutor Sentís, a traição estava à sua espera havia algum tempo. O bom doutor tinha atendido durante anos uma dama de alta estirpe que vivia um casamento sem toques e quase sem palavras com um homem que mal conhecia e com quem havia dormido duas vezes em vinte anos. A dama, forçada pelo hábito, aprendeu a viver com teias de aranha no coração, mas não se resignava a sossegar o fogo entre as pernas e, numa cidade onde tantos cavalheiros gostavam de tratar suas esposas como santas e virgens e as dos outros como meretrizes e vadias, não teve dificuldade para encontrar amantes e peregrinos com quem matar o tédio e lembrar que estava viva, nem que fosse só do pescoço para baixo. As aventuras e desventuras em camas alheias implicavam seus riscos, e a dama não tinha segredos para o bom doutor, que cuidava de que suas coxas pálidas e ofegantes não fossem alvo de males e doenças de reputação duvidosa. Durante anos, as beberagens, os unguentos e os sábios conselhos ministrados pelo bom doutor haviam mantido a dama em um estado de ardor imaculado.

Quis a vida, como costuma querer sempre que tem oportunidade, que as bondades do bom doutor lhe fossem devolvidas em forma de fel e de malícia. A alta sociedade, em qualquer urbe, é um mundo quase tão pequeno quanto sua reserva de honestidade, e era óbvio que chegaria o maldito dia em que algum daqueles amantes de meia hora, por miséria ou por despeito, ou, ainda melhor, por interesse, desvendaria ante os olhos de suas companheiras, afiados na inveja, e os de seus maridos, no desejo, a vida secreta e ardente de uma mulher solitária e triste. A história da puta de meias de seda, apelido que lhe deu um alcoviteiro metido a literato, correu como sangue quente entre os disse me disses de uma comunidade que vivia da maledicência e da desconfiança.

Os mais distintos cavalheiros se deleitavam descrevendo, em todos os detalhes, às gargalhadas, os encantos daquela senhora degradada a puta de meias de seda, e suas não menos distintas e desprezadas esposas murmuravam que aquela rameira caída, que se passara por amiga delas, havia cometido atos inomináveis e corrompido a alma e as partes baixas dos seus maridos e filhos, de quatro e de boca cheia, exibindo acrobacias linguísticas que elas certamente não haviam aprendido nos onze anos que passaram nas salas de aula do Sagrado Coração. A história, que crescia e ficava mais extravagante cada vez que passava de uma boca a outra, não demorou a chegar ao augusto marido da chamada puta das meias de seda. Depois disseram que ninguém teve culpa, que foi por decisão própria que a dama saiu do lar da família, que deixou suas roupas e suas joias, que se mudou para um apartamento frio, sem luz nem móveis, na rua Mallorca e que, num belo dia de janeiro, deitou-se em sua cama voltada para uma janela aberta e bebeu meio copo de láudano, até que seu coração parou e seus olhos, abertos para o vento gelado do inverno, racharam em contato com a geada.

Foi encontrada nua, sem nenhuma outra companhia além de uma longa carta, com a tinta ainda fresca, na qual confessava a sua história e culpava de tudo o doutor Sentís, que a deixara aturdida com suas beberagens e suas palavras matreiras para que se entregasse a uma vida de abandono e luxúria da qual só a oração e o encontro com o Senhor às portas do purgatório podiam salvá-la.

A carta, em fac-símile ou em resumo verbal, circulou amplamente entre as gentes de bem e, menos de um mês depois, a agenda do consultório do doutor Sentís estava em branco, e o seu rosto taciturno e tranquilo se transformara no semblante de um pária que mal merece um olhar ou uma palavra. Após meses de penúria, o doutor tentou um emprego nos hospitais da cidade, mas nenhum deles quis aceitá-lo porque o marido da falecida, que já passara de puta de meias de seda a santa mártir de manto branco, era um homem de grande influência e havia emitido ordens e ameaças de que qualquer pessoa que desse trégua ao doutor Sentís iria unir-se a ele no país dos esquecidos.

Com o tempo e a invisibilidade, o bom doutor desceu das nuvens de algodão da Barcelona abastada e foi habitar no porão infinito de suas ruas, onde centenas de putas sem meias de seda e de almas deserdadas acolheram bem os seus serviços e sua honestidade, senão com dinheiro, que quase não tinham, com respeito e gratidão. O bom doutor, que tivera que se desfazer do seu consultório na rua Ausias March e do chalé em San Gervasio para sobreviver durante os anos difíceis, comprou um apartamento modesto na rua Condal, onde morreria muitos anos depois, feliz e cansado, sem remorsos.

Foi naqueles primeiros anos, quando o doutor Sentís percorria os prostíbulos e *garçonières* do Raval armado de remédios e bom senso, que cruzou com o fotógrafo e este tentou lhe emprestar, sem cobrar nada, os talentos da sua filha. O fotógrafo ouvira falar que o médico tinha perdido uma filha de quatorze anos, chamada Laia, e que sua esposa o havia abandonado pouco tempo depois disso, por não suportar a perda que os unia. Quem o conhecia bem dizia que o bom doutor vivia assombrado pela tragédia da morte de Laia, que não conseguira salvar apesar de todos os seus esforços. O fotógrafo, que o médico tinha livrado de uma infecção no ouvido que por pouco não lhe custou a audição e a sanidade mental, queria lhe retribuir à altura e estava convencido de que sua filha, estudando as fotos e as lembranças que ele guardava da menina morta, poderia devolvê-la à vida e, ainda que por alguns minutos, devolver-lhe aquilo que mais havia amado neste mundo. O doutor declinou a oferta, mas firmou certa amizade com o fotógrafo e acabou se tornando médico da filha, que visitava todo mês e mantinha a salvo de doenças e males próprios de sua profissão.

Laia adorava o doutor e aguardava suas visitas com expectativa. Era o único homem que conhecia que não a olhava com desejo nem projetava nela suas fantasias impossíveis. Podia falar com ele de coisas que nunca mencionaria ao seu pai, e também podia lhe confiar seus temores e inquietações. O médico, que nunca julgava seus pacientes nem as ocupações que a vida tinha escolhido para eles, não podia esconder suas objeções ao modo como o fotógrafo vendia os melhores anos da filha. Às vezes lhe falava da filha que tinha perdido, e ela sabia, sem que ninguém precisasse lhe dizer nada, que era a única pessoa a quem o doutor confiava seus segredos e suas recordações. Secretamente, desejava ocupar o lugar da outra Laia, transformar-se na filha daquele homem triste e bondoso e abandonar o fotógrafo, que a cobiça e a mentira acabaram transformando num estranho que circulava com as roupas do seu pai. O que a vida lhe havia negado, a morte lhe daria.

Pouco depois de fazer dezessete anos, Laia soube que estava grávida. O pai podia ser qualquer dos clientes que, à razão de três por semana, sustentavam as dívidas de jogo do fotógrafo. No começo, Laia escondeu do seu pai e teceu mil desculpas para evitar, durante os primeiros meses, as visitas do doutor Sentís. Espartilhos e a arte de fazer os outros verem nela o que queriam ver fizeram o resto. No quarto mês de gravidez, um dos seus clientes, um médico que havia sido rival do doutor Sentís e acabara herdando boa parte dos seus pacientes, percebeu a situação durante um jogo em que Laia, de pés e mãos algemados, era submetida a um cruel exame por um médico cujo espírito se aquecia com os gemidos de dor dos seus pacientes. Deixou-a sangrando, nua e algemada, sobre o leito onde seu pai a encontrou horas depois.

Quando descobriu a verdade, o fotógrafo ficou em pânico e levou às pressas sua filha à casa de uma matrona, que praticava as suas atividades num porão da rua Aviñón, para que a livrasse do nobre bastardo que tinha nas vísceras. Cercada de velas e baldes de água malcheirosa, deitada num catre sujo e ensanguentado, Laia disse à velha bruxa que estava com medo e não queria fazer nenhum mal à criatura inocente que carregava no seu ventre. Com aquiescência do fotógrafo, a bruxa lhe deu para beber um líquido esverdeado e espesso que nublou seu entendimento e subjugou sua vontade. Sentiu que o pai a segurava pelos pulsos e a bruxa abria as suas coxas. Sentiu algo frio e metálico abrir caminho em suas vísceras como uma língua de gelo. Delirando, julgou ouvir o choro de uma criança se contorcendo em seu ventre e implorando que a deixasse viver. Foi nesse momento que a explosão de dor, de mil lâminas roendo suas vísceras, de fogo queimando-a por dentro se apoderou do seu ser e a fez perder os sentidos. A última sensação que conseguiu lembrar depois foi de estar mergulhando em um poço de sangue negro e fumegante e que algo, ou alguém, puxava as suas pernas.

    Acordou no mesmo catre, sob o olhar indiferente da bruxa. Sentia-se fraca. Uma dor surda e ardente lhe consumia o ventre e as coxas, como se todo o seu corpo fosse uma cicatriz em carne viva. Seu olhar febril se encontrou com o da bruxa. Perguntou pelo pai. A bruxa negou em silêncio. Perdeu os sentidos de novo, e quando voltou a abrir os olhos soube que estava amanhecendo pela claridade filtrada por uma janelinha que se abria no nível da calçada. A bruxa estava de costas para ela, preparando uma beberagem que cheirava a mel e álcool. Laia perguntou pelo seu pai. A bruxa lhe deu uma xícara quente dizendo que a bebesse, que iria se sentir melhor. Bebeu, e aquele bálsamo quente e gelatinoso acalmou ligeiramente a agonia que roía o seu ventre.

— Onde está meu pai?

— Era seu pai? — perguntou a bruxa com um sorriso amargo.

O fotógrafo a havia abandonado, dando-a por morta. O coração dela havia parado de bater durante dois minutos, explicou a bruxa. O pai, ao vê-la morta, saiu correndo.

— Eu também pensei que você estava morta. Mas alguns minutos depois abriu os olhos e voltou a respirar. Considere-se afortunada, menina. Alguém lá no alto deve gostar muito de você, porque hoje nasceu de novo.

Quando Laia teve forças para se levantar e chegar até o hotel Colón, em cujas dependências eles haviam morado durante três semanas, o recepcionista lhe informou que o fotógrafo partira um dia antes, sem deixar nenhuma informação. Levou toda a sua roupa, só deixou para trás o álbum de fotografias de Laia.

— Não deixou algum bilhete para mim?

— Não, senhorita.

Laia passou uma semana procurando-o em toda a cidade. Ninguém o tinha visto nos cassinos e cafés que frequentava, mas todos lhe pediram que, se o encontrasse, dissesse a ele que voltasse para saldar suas dívidas e contas em aberto. Na segunda semana, a garota entendeu que nunca mais voltaria a vê-lo e, sem lar nem companhia, foi procurar o doutor Sentís. Ao vê-la, o bom doutor soube imediatamente que algo andava mal e insistiu em examiná-la. Quando constatou o dano que a velha bruxa fizera nas vísceras da garota, caiu em lágrimas. Nesse dia ele recuperou uma filha e Laia encontrou, pela primeira vez, um pai.

Foram morar juntos no modesto apartamento do doutor, na rua Condal. Sua renda era mínima, mas foi suficiente para matricular Laia numa escola de senhoritas e manter durante um ano a ficção de que tudo ia dar certo. A idade avançada do médico e os eventuais descuidos nas doses de éter com que tentava, às escondidas, paliar a dor de sua existência tinham seus efeitos sobre ele. Suas mãos começaram a tremer e a visão, a falhar. O doutor estava se apagando, e Laia largou a escola para cuidar dele.

Além da vista, o bom doutor também começou a perder a noção das coisas e a pensar que ela era a sua verdadeira filha, que tinha voltado do mundo dos mortos para cuidar dele. Às vezes, quando o mantinha em seus braços e o deixava chorar, Laia pensava a mesma coisa. Quando as parcas economias do doutor se esgotaram, Laia viu-se forçada a desenterrar suas artes e voltar à arena.

Livre das amarras do pai, Laia descobriu que suas habilidades tinham se multiplicado. Em poucos meses, os melhores estabelecimentos da cidade brigavam por seus serviços. Ela se limitava a um cliente por mês, pelo preço mais alto. Estudava o caso durante semanas, criando a identidade da fantasia que iria encarnar por algumas horas. Nunca repetia um cliente. Nunca revelava sua identidade verdadeira.

Correu no bairro o boato de que o velho doutor morava com uma jovem de beleza deslumbrante, e dentre trevas e rancores ressurgiu a sua antiga esposa, que após anos de abandono quis voltar ao lar para amargurar de vez a velhice de um homem que não conseguia mais ver nem lembrar nada e cuja única realidade era a companhia de uma garota que tomava por sua filha morta, que lia livros velhos para ele e o segurava nos braços chamando-o de pai e considerando-o como tal. A senhora Sentís conseguiu, com ajuda de juízes e policiais, expulsar Laia da casa e, quase, da vida do doutor. Afinal ela encontrou refúgio numa instituição dirigida por uma antiga profissional da alcova, Simone de Sagnier, e passou alguns anos tentando esquecer quem era, tentando esquecer que o único modo de se sentir viva era dando vida a outros. De tarde, quando a esposa do doutor lhe permitia, Laia ia buscá-lo em seu apartamento na rua Condal e o levava para passear. Iam a lugares e parques que o doutor se lembrava de ter compartilhado com a filha e onde Laia, a Laia que ele recordava, lia livros para ele ou lhe refrescava lembranças que não tinha vivido mas que assumira como suas. Passaram-se assim quase três anos em que o velho doutor Sentís se desfazia semana após semana, até aquele dia de chuva em que eu a segui até a casa do doutor e Laia recebeu a notícia de que seu pai, o único que tivera, tinha morrido naquela noite com seu nome nos lábios.

ROSA DE FOGO

E assim, quando chegou o dia 23 de abril, os presos da galeria dirigiram o olhar para David Martín, deitado de olhos fechados na sombra da sua cela, e lhe pediram que contasse uma história para afugentar o tédio.

— Vou contar uma história — disse ele. — Uma história de livros, de dragões e de rosas, como pede a data de hoje,* mas principalmente uma história de sombras e cinza, como pedem os tempos...

(Dos fragmentos perdidos de *O prisioneiro do céu*.)

---

* 23 de abril é o dia de são Jorge, padroeiro da Catalunha, festejado tradicionalmente presenteando-se com rosas e livros (pois nesse dia morreram Shakespeare e Cervantes). A partir dessa tradição catalã, a data é hoje considerada Dia Internacional do Livro. (N. T.)

1

Contam as crônicas que, quando o fazedor de labirintos chegou a Barcelona, a bordo de um navio que vinha do Oriente, já trazia consigo o germe da maldição que iria tingir de fogo e sangue o céu da cidade. Corria o ano da graça de 1454, e uma praga de febre havia dizimado a população durante o inverno deixando a cidade coberta por um manto de fumaça ocre que subia das fogueiras em que ardiam os cadáveres e mortalhas de centenas de defuntos. A espiral de miasma podia ser vista de longe, reptando entre torreões e palácios para se elevar num vaticínio fúnebre que advertia aos viajantes que não se aproximassem das muralhas e passassem ao largo. O Santo Ofício havia decretado que a cidade devia ficar isolada, e sua investigação concluiu que a praga se havia originado num poço próximo ao bairro judeu Call de Sanaüja, onde uma diabólica conjuração de usureiros semitas havia envenenado as águas, tal como foi demonstrado, para além de qualquer dúvida, por dias de interrogatório a ferro e fogo. Expropriados os seus copiosos bens e jogado o que restava dos seus despojos numa fossa do pântano, só cabia esperar que as orações dos cidadãos de bem trouxessem a bênção de Deus a Barcelona. A cada dia que passava, eram menos os mortos e mais os que sentiam que o pior já tinha ficado para trás. Quis o destino, porém, que os primeiros fossem os mais afortunados e os segundos pouco depois invejassem os que já haviam deixado para trás aquele vale de misérias. Quando uma voz tênue se atreveu a sugerir que um grande castigo cairia dos céus para purgar a infâmia perpetrada *In Nomine Dei* contra os comerciantes judeus, já era tarde. Nada caiu do céu, exceto cinzas e pó. O mal, dessa vez, chegou pelo mar.

2

A embarcação foi avistada ao amanhecer. Uns pescadores que estavam remendando suas redes em frente à Muralha de Mar o viram emergir na bruma, arrastado pela maré. Quando o casco se escorou a bombordo e a proa encalhou na praia, os pescadores subiram a bordo. Um fedor intenso emanava das entranhas do navio. O porão estava alagado e uma dúzia de sarcófagos flutuava entre os escombros. Encontraram Edmond de Luna, o fazedor de labirintos e único sobrevivente da travessia, amarrado ao leme e muito queimado pelo sol. A princípio pensaram que estava morto, mas, quando o examinaram melhor, conseguiram ver que seus pulsos ainda sangravam sob as ataduras e seus lábios exalavam um hálito frio. Tinha um caderno de couro enfiado no cinto, mas nenhum dos pescadores conseguiu se apropriar dele porque a essa altura já havia chegado ao porto um grupo de soldados cujo capitão, cumprindo ordens do Palácio Episcopal — que havia sido alertado da chegada do navio —, mandou levarem o moribundo para o hospital de Santa Marta, nas proximidades, e deixou seus homens tomando conta dos restos do naufrágio até que os oficiais do Santo Ofício chegassem para inspecionar a embarcação e elucidar de maneira cristã o que havia acontecido. O caderno de Edmond de Luna foi entregue ao grande inquisidor Jorge de León, um brilhante e ambicioso paladino da Igreja que confiava que, muito em breve, seus esforços em prol da purificação do mundo lhe granjeariam a condição de beato, santo e luz viva da fé. Após uma observação superficial, Jorge de León concluiu que aquele caderno havia sido escrito numa língua alheia à cristandade e mandou que seus homens fossem buscar um impressor chamado Raimundo de Sempere, proprietário de uma modesta gráfica ao lado do portal de Santa Ana, um homem que, tendo viajado muito na juventude, conhecia mais línguas do que é aconselhável para um cristão de bem. Sob ameaças de tortura, o impressor Sempere foi obrigado a jurar que manteria em segredo tudo o que lhe fosse revelado. Só então lhe permitiram examinar o caderno, no alto da biblioteca da casa do arcediago, vizinha à catedral, em uma sala vigiada por sentinelas. O inquisidor Jorge de León o observava com atenção e cobiça.

— Creio que o texto está escrito em persa, sua santidade — murmurou Sempere, aterrorizado.

— Ainda não sou santo — matizou o inquisidor. — Mas ainda chego lá. Prossiga...

E foi assim que, durante toda a noite, o impressor de livros Sempere começou a ler e traduzir para o grande inquisidor o diário secreto de Edmond de Luna, aventureiro e portador da maldição que iria trazer a besta-fera para Barcelona.

3

Trinta anos antes, Edmond de Luna havia saído de Barcelona rumo ao Oriente em busca de prodígios e aventuras. Sua travessia pelo mar Mediterrâneo o levara a ilhas proibidas que não estavam nos mapas de navegação e lhe permitira compartilhar o leito com princesas e criaturas de natureza inconfessável, conhecer os segredos de civilizações enterradas pelo tempo e iniciar-se na ciência e na arte da construção de labirintos, dom que iria torná-lo célebre e graças ao qual obteve trabalho e fortuna servindo a sultões e imperadores. Com a passagem dos anos, a acumulação de prazeres e riquezas já não significava mais nada para ele. Havia saciado sua sede de cobiça e ambição muito mais do que qualquer mortal sonharia e, já na maturidade, sabendo que seus dias caminhavam para o ocaso, decidiu que nunca mais iria prestar os seus serviços a menos que fosse em troca da maior das recompensas, o conhecimento proibido. Durante anos declinou os convites para construir os mais prodigiosos e intrincados labirintos, porque nada do que lhe ofereciam em troca lhe parecia desejável. Já estava concluindo que não havia tesouro no mundo que não lhe tivessem oferecido quando chegou aos seus ouvidos que o imperador da cidade de Constantinopla requeria os seus serviços, em troca dos quais estava disposto a lhe revelar um segredo milenar ao qual nenhum mortal tivera acesso durante séculos. Entediado, e tentado por essa última oportunidade de reavivar a labareda da sua alma, Edmond de Luna foi visitar o imperador Constantino em seu palácio. Constantino vivia sob o peso da certeza de que, mais cedo ou mais tarde, o cerco dos sultões otomanos iria acabar com seu império e apagar da face da Terra o saber que a cidade de Constantinopla havia acumulado durante séculos. Por esse motivo, queria que Edmond projetasse o maior labirinto já criado, uma biblioteca secreta, uma cidade de livros que deveria existir oculta sob as catacumbas da catedral de Hagia Sophia, na qual os livros proibidos e os prodígios de séculos de pensamento pudessem ser preservados para sempre. Em troca, o imperador Constantino não lhe oferecia nenhum tesouro. Só um frasco, uma garrafinha de vidro entalhado contendo um líquido escarlate que brilhava na escuridão. Constantino sorriu de um modo estranho ao lhe entregar o frasco.

— Esperei muitos anos para encontrar um homem merecedor desta dádiva — explicou o imperador. — Nas mãos erradas, isto poderia ser um instrumento para o mal.

Edmond examinou aquilo, fascinado e intrigado.

— É uma gota de sangue do último dragão — murmurou o imperador. — O segredo da imortalidade.

4

Edmond de Luna trabalhou durante meses nas plantas do grande labirinto dos livros. Fazia e refazia o projeto sem nunca ficar satisfeito. A essa altura, já havia entendido que o pagamento já não lhe importava mais, porque sua imortalidade seria consequência da criação daquela prodigiosa biblioteca, e não de uma suposta poção mágica lendária. O imperador, paciente mas preocupado, vinha lhe recordar que o ataque final dos otomanos estava próximo e que não havia tempo a perder. Finalmente, quando Edmond de Luna encontrou a solução para o grande quebra-cabeça, já era tarde. As tropas de Mehmed II, o Conquistador, haviam cercado

Constantinopla. O fim da cidade, e do império, era iminente. O imperador recebeu as plantas de Edmond maravilhado, mas percebeu que nunca poderia construir aquele labirinto sob a cidade que tinha o seu nome. Pediu então a Edmond que tentasse escapar do cerco, junto a muitos outros artistas e pensadores que iam partir para a Itália.

— Sei que você vai encontrar o lugar adequado para construir o seu labirinto, meu amigo.

E, em sinal de agradecimento, o imperador lhe entregou o frasco com o sangue do último dragão, mas, ao fazê-lo, uma sombra de inquietação nublava o seu rosto.

— Apelei para a cobiça da mente a fim de tentá-lo, caro amigo, quando lhe ofereci esta dádiva. Mas também quero que aceite este humilde amuleto que algum dia, se o preço da ambição for alto demais, talvez apele para a sabedoria da sua alma...

O imperador tirou uma medalha que usava no pescoço e entregou-a a Edmond. O berloque não continha ouro nem joias, só uma pedrinha que parecia um simples grão de areia.

— O homem que me deu isto disse que era uma lágrima de Cristo. — Edmond franziu o cenho. — Sei que não é um homem de fé, Edmond, mas a fé é encontrada quando não se busca, e há de chegar o dia em que o seu coração, e não a sua mente, ansiará pela purificação da alma.

Edmond não quis contrariar o imperador e pendurou aquela medalha insignificante no pescoço. Tendo como bagagem a planta do seu labirinto e o frasco escarlate, partiu naquela mesma noite. Constantinopla e o império cairiam pouco depois, após um ataque sangrento, enquanto Edmond sulcava o Mediterrâneo em busca da cidade que havia deixado para trás na juventude.

Navegou com uns mercenários que lhe ofereceram o transporte pensando que era um rico mercador de quem poderiam aliviar o peso da bolsa em alto-mar. Quando descobriram que não trazia riqueza alguma, quiseram jogá-lo pela amurada, mas ele os convenceu de que devia ficar a bordo contando algumas de suas aventuras à maneira de Scherezade. O truque consistia em deixá-los sempre com água na boca, como lhe havia ensinado um sábio narrador em Damasco. "Você vai ser odiado por isso, mas será mais desejado ainda."

Nas horas vagas, começou a anotar suas experiências em um caderno. Para ocultar seus escritos do olhar indiscreto daqueles piratas, escreveu em persa, uma língua prodigiosa que havia aprendido durante os anos que passou na antiga Babilônia. No meio da travessia, toparam com um barco à deriva, sem passageiros nem tripulação. Trazia em seu bojo umas grandes ânforas de vinho, que os piratas subiram a bordo para se embriagar todas as noites enquanto ouviam as histórias de Edmond, que não era autorizado a provar uma só gota. Em poucos dias a tripulação começou a adoecer, e logo depois os mercenários foram morrendo um a um, vítimas do veneno que tinham ingerido no vinho roubado.

Edmond, o único que se salvou desse destino, foi metendo os corpos nos sarcófagos que os piratas tinham no porão, fruto do espólio de alguma de suas pilhagens. Foi só quando era o único ser vivo que restava a bordo, com receio de morrer perdido em alto-mar, à deriva na mais terrível das solidões, que ele ousou abrir o frasco escarlate e farejar o conteúdo durante um segundo. Bastou um instante para vislumbrar o abismo que queria apoderar-se dele. Sentiu o vapor que reptava do frasco até a sua pele e, por um segundo, viu suas mãos cobertas de escamas e suas unhas transformadas em garras mais afiadas e mortíferas que o mais temível dos aços. Então apertou o humilde grão de areia pendurado em seu pescoço e implorou por salvação a um Cristo em que não acreditava. O abismo negro da alma se desvaneceu, e Edmond recuperou o fôlego quando viu suas mãos voltando a ser como as de qualquer mortal. Tampou bem o frasco e amaldiçoou sua própria ingenuidade. Nesse momento entendeu que o imperador não lhe havia mentido, mas que aquilo não era recompensa nem bênção coisa nenhuma. Era a chave do inferno.

5

Quando Sempere terminou de traduzir o caderno, a primeira luz da aurora já despontava entre as nuvens. Pouco depois, sem dizer uma palavra, o Inquisidor saiu da sala e dois sentinelas foram buscá-lo para levá-lo a uma cela de onde tinha certeza de que não sairia com vida.

Enquanto Sempere era jogado na masmorra, os homens do grande inquisidor foram inspecionar os restos do naufrágio e lá encontraram, escondido num cofre de metal, o frasco escarlate. Jorge de León já os esperava na catedral. Não tinham conseguido encontrar a medalha com a suposta lágrima de Cristo a que o texto de Edmond se referia, mas o Inquisidor não se importou com isso, porque sentia que sua alma não precisava de purificação alguma. Com os olhos envenenados de cobiça, o Inquisidor pegou o frasco escarlate, subiu ao altar para benzê-lo e, agradecendo a Deus e ao inferno por aquela dádiva, ingeriu todo o conteúdo. Passaram-se alguns segundos sem que nada acontecesse. Depois, o Inquisidor começou a rir. Os soldados se entreolharam, desconcertados, perguntando-se Jorge de León não teria perdido o juízo. Para a maioria deles, foi o último pensamento de suas vidas. Viram o Inquisidor cair de joelhos e uma lufada de vento gelado varrer a catedral, arrastando os bancos de madeira, derrubando imagens e círios acesos.

Depois, ouviram sua pele e seus membros se partirem, e a voz de Jorge de León se perder, entre uivos de agonia, no rugido da besta-fera que emergia de suas carnes, crescendo rapidamente em uma massa ensanguentada de escamas, garras e asas. Uma cauda escalonada com arestas cortantes como machados se estendia na maior das serpentes, e quando o monstro se virou, mostrando o rosto sulcado de presas e os olhos acesos de chamas, mal tiveram coragem para sair correndo. O fogo os surpreendeu imóveis e foi arrancando a carne dos seus ossos como um vendaval arranca as folhas de uma árvore. Então a besta-fera abriu as asas e o Inquisidor, são Jorge e o dragão ao mesmo tempo, alçou voo, atravessando a grande roseta da catedral numa tempestade de vidro e fogo, para se elevar sobre os telhados de Barcelona.

6

A besta-fera espalhou o terror durante sete dias e sete noites, derrubando templos e palácios, incendiando centenas de prédios e despedaçando com as garras, após arrancar o teto que havia sobre suas cabeças, as figuras trêmulas que encontrava implorando por misericórdia. O dragão carmesim crescia dia a dia e devorava tudo o que encontrava pela frente. Corpos dilacerados choviam do céu, enquanto as chamas do seu hálito fluíam pelas ruas como uma torrente de sangue.

No sétimo dia, quando todos na cidade já pensavam que a besta-fera iria destruí-la por completo e aniquilar todos os seus habitantes, uma figura solitária foi ao seu encontro. Edmond de Luna, ainda mal recuperado e mancando, subiu as escadas que levavam ao terraço da catedral. Ficou ali esperando que o dragão o avistasse e fosse atrás dele. Por entre as nuvens negras de fumaça e brasas, a besta-fera surgiu em voo rasante sobre os telhados de Barcelona. Tinha crescido tanto que já era maior que o templo de onde havia emergido.

Edmond de Luna pôde ver o seu reflexo naqueles olhos, imensos como açudes de sangue. A fera abriu as fauces para engoli-lo, agora voando sobre a cidade como uma bala de canhão e arrancando torres e telhados ao passar. Edmond de Luna pegou então aquele miserável grão de areia pendurado em seu pescoço e apertou-o na mão. Lembrou-se das palavras de Constantino e pensou que finalmente a fé o havia encontrado e que sua morte era um preço ínfimo para purificar a alma maligna da besta-fera, que era como a de todos os homens. Ergueu o punho com a lágrima de Cristo, fechou os olhos e se ofereceu. As fauces o engoliram na velocidade do vento, e o dragão subiu às alturas, escalando as nuvens.

Aqueles que lembram esse dia dizem que o céu se abriu em dois e que um grande resplendor acendeu o firmamento. A besta-fera foi envolvida pelas chamas que resvalavam entre as suas presas e, ao bater as asas, projetou uma grande rosa de fogo que cobriu totalmente a cidade. Fez-se então um silêncio, e quando voltaram a abrir os olhos o céu estava coberto como na noite mais fechada e uma lenta chuva de flocos de cinza brilhante se precipitou das alturas, cobrindo as ruas, as ruínas queimadas e a cidade de túmulos, templos e palácios com um manto branco que se desfazia ao tato e cheirava a fogo e maldição.

7

Nessa noite, Raimundo de Sempere conseguiu fugir da cela e voltar para casa, onde verificou que sua família e a gráfica de livros tinham sobrevivido à catástrofe. Ao amanhecer, o impressor foi à Muralha de Mar. As ruínas do naufrágio que levara Edmond de Luna de volta a Barcelona balançavam com a maré. O mar já havia começado a desmanchar o casco e penetrava nele como se fosse uma casa da qual tivessem arrancado uma parede. Percorrendo as entranhas do navio sob a luz espectral do amanhecer, por fim o impressor encontrou o que procurava. O salitre tinha carcomido parte dos traços, mas a planta do grande labirinto dos livros estava intacta, tal como Edmond de Luna o projetara. Sentou-se na areia e abriu-a. Sua mente não conseguia abarcar a complexidade e a aritmética que aquela ilusão sustentava, mas pensou que certamente viriam mentes mais esclarecidas, capazes de elucidar seus segredos e que, até lá, até que outros mais sábios pudessem descobrir a forma de salvar o labirinto e lembrar o custo da besta-fera, guardaria a planta no cofre da família e algum dia, sem a menor dúvida, encontraria um fazedor de labirintos merecedor de tamanho desafio.

O PRÍNCIPE DO PARNASO

Um sol ferido de escarlate mergulhava na linha do horizonte quando o cavalheiro Antoni de Sempere, a quem todos chamavam de *fazedor de livros*, subiu ao ponto mais alto da muralha que cercava a cidade e avistou o cortejo se aproximando ao longe. Era o ano da graça de 1616, e uma bruma cheirando a pólvora serpenteava sobre os telhados de uma Barcelona de pedra e pó. O fazedor de livros voltou a vista para a cidade e seu olhar se perdeu na miragem de torres, palácios e becos que palpitavam no miasma de uma treva perpétua que só era quebrada por tochas e carruagens que se arrastavam arranhando os muros.

"Algum dia as muralhas cairão e Barcelona se alastrará sob o céu como uma lágrima de tinta sobre água benta."

O fazedor de livros sorriu lembrando essas palavras que o seu bom amigo havia pronunciado ao abandonar a cidade, seis anos antes.

"Levo comigo a memória, prisioneiro da beleza de suas ruas e devedor da sua alma escura, à qual prometo voltar para submeter a minha e abraçar-me ao mais doce dos seus olvidos."

O eco dos cascos se aproximando das muralhas resgatou-o do sonho. O fazedor de livros dirigiu o olhar para o leste e avistou o cortejo, que já enveredava pelo caminho que vai até a grande porta de Santo Antonio. A carruagem fúnebre era preta com uma trama de relevos e figuras entalhadas serpenteando em volta de um habitáculo envidraçado vedado por cortinas de veludo. Ia escoltada por dois cavaleiros. Quatro corcéis a puxavam, enfeitados com plumagens e ornamentos mortuários, enquanto as rodas iam fazendo uma nuvem de poeira que se iluminava com o âmbar do crepúsculo. Na boleia se recortava a figura de um cocheiro com o rosto coberto e, atrás dele, coroando a carruagem como uma figura de proa, via-se a silhueta de um anjo de prata.

O fazedor de livros abaixou os olhos e suspirou, pesaroso. Nesse momento percebeu que não estava sozinho, e nem precisou virar o rosto para reconhecer a presença do cavalheiro ao seu lado. Sentiu o sopro de ar frio e o cheiro de flores secas que sempre o acompanhavam.

— Dizem que um bom amigo é aquele que sabe lembrar e esquecer ao mesmo tempo — disse o cavalheiro. — Vejo que não esqueceu o nosso encontro, Sempere.

— Nem o *signore* a dívida.

O cavalheiro se aproximou até deter seu rosto pálido a um palmo do fazedor de livros, e Sempere pôde ver seu próprio reflexo no espelho escuro daquelas pupilas que mudavam de cor e se estreitavam como as de um lobo ao ver sangue fresco. O cavalheiro não tinha envelhecido sequer um dia e usava as mesmas indumentárias. Sempere sentiu um calafrio e um desejo profundo de sair correndo dali, mas limitou-se a assentir cortesmente com a cabeça.

— Como me encontrou? — perguntou.

— O cheiro de tinta o delata, Sempere. Imprimiu recentemente algo de bom que possa me recomendar?

O fazedor de livros reparou no volume que o cavalheiro tinha nas mãos.

— Minha impressora é modesta e não abriga penas dignas do seu paladar. Além do mais, parece que o *signore* já tem leitura para a noite.

O cavalheiro debulhou seu sorriso tramado de dentes brancos e afiados. O fazedor de livros desviou os olhos para o cortejo, que já estava no limiar da muralha. Sentiu a mão do cavalheiro pousando em seu ombro e apertou os dentes para não tremer.

— Não tenha medo, amigo Sempere. Os estertores de Avellaneda e da matilha de infelizes e invejosos que o seu amigo Sebastián de Comella imprime chegarão à posteridade antes da alma do meu querido Antoni de Sempere à humilde estalagem que gerencio. Não tem nada a temer de mim.

— O senhor disse algo parecido a Don Miguel há quarenta e seis anos.

— Quarenta e sete. E não estava mentindo.

O fazedor de livros trocou um breve olhar com o cavalheiro e por um instante de devaneio julgou ver em seu rosto uma tristeza tão grande como aquela que o embargava.

— Pensava que esta era uma jornada de triunfo para você, *signore* Corelli — disse.

— A beleza e o conhecimento são a única luz que ilumina este estábulo miserável que estou condenado a percorrer, Sempere. Sua perda é o maior dos meus castigos.

A seus pés, o cortejo fúnebre já estava atravessando a porta de Santo Antonio. O cavalheiro fez um gesto convidando o impressor a avançar.

— Venha comigo, Sempere. Vamos dar boas-vindas ao nosso bom amigo Don Miguel a esta Barcelona que ele tanto amou.

E com essas palavras, o velho Sempere se entregou às recordações e à lembrança daquele dia longínquo em que, não muito longe daquele mesmo lugar, conheceu um jovem que atendia pelo nome de Miguel de Cervantes Saavedra, cujo destino e memória ficariam unidos aos seus e ao do seu nome pelas brumas do tempo...

BARCELONA, 1569

Eram tempos de lenda, em que a história não tinha outro artifício além das memórias do que nunca havia acontecido e a vida não alcançava outros sonhos além do fugaz e passageiro. Naquela época, os aprendizes de poeta portavam ferros na cinta e cavalgavam sem consciência nem destino sonhando com versos de gume envenenado. Barcelona era então uma vila e fortaleza acalentada no regaço de um anfiteatro de montanhas, repletas de bandoleiros, que se ocultava às costas de um mar cor de vinho bordado de luz e de piratas. Em suas portas eram enforcados os larápios e vilões, para desencorajar a cobiça pelo alheio, e entre suas muralhas, que já ameaçavam arrebentar, batiam-se comerciantes, sábios, cortesãos e fidalgos de toda e qualquer condição e vassalagem, a serviço de um labirinto de conjurações, dinheiros e alquimias cuja fama atingia os horizontes e anseios do mundo conhecido e sonhado. Dizia-se que lá haviam derramado seu sangue reis e santos, que as palavras e o saber encontravam abrigo e que com uma moeda nas mãos e uma mentira nos lábios qualquer aventureiro podia beijar a glória, dormir com a morte e amanhecer bendito entre atalaias e catedrais para fazer nome e fortuna.

A tal lugar que nunca existiu, e cujo nome estava condenado a lembrar todos os dias de sua vida, em uma noite de são João, chegou um jovem fidalgo, desses de pena e espada, montado num pangaré esfaimado que mal se aguentava em pé após vários dias de galope. Levava no lombo o então despossuído Miguel de Cervantes Saavedra, natural de lugar nenhum e de todos, e uma jovem cujo semblante podia-se dizer que fora roubado da tela de um dos grandes mestres. E dir-se-ia bem, pois mais tarde se veio a saber que a moça se chamava Francesca di Parma e que havia conhecido a luz e a palavra na Cidade Eterna, dezenove primaveras antes.

Quis o destino que o esquálido jumento, concluído o seu heroico trote e espumando pelo focinho, desabasse exânime a poucos passos das portas de Barcelona e que os dois amantes, pois tal era a sua secreta condição, saíssem caminhando pelas areias da praia sob um céu sangrado de estrelas até atingirem o limite das muralhas e, vendo o bafejo de mil fogueiras subir aos céus e tingir a noite de cobre líquido, decidissem buscar hospedagem e refúgio naquele lugar que se assemelhava a um palácio de trevas construído sobre a própria forja de Vulcano.

Em termos similares, mas menos floridos, mais tarde o episódio da chegada de Don Miguel de Cervantes e sua amada Francesca a Barcelona foi relatado ao notável fazedor de livros Don Antoni de Sempere, com gráfica e domicílio ao lado da porta de Santa Ana, por um rapaz meio manco de traços humildes, nariz imponente e um vivo engenho chamado Sancho Fermín de la Torre que, reconhecendo a necessidade dos recém-chegados, ofereceu toda a sua boa vontade para guiá-los em troca de umas moedas. Foi assim que o casal encontrou pouso e alimento num prédio meio lúgubre e retorcido como um tronco esquivo. E foi assim que, por graça das artes de Sancho e à revelia do destino, o fazedor de livros travou conhecimento com o jovem Cervantes, a quem uma profunda amizade o uniria até o fim dos seus dias.

Os estudiosos pouco sabem a respeito das circunstâncias que antecederam a chegada de Don Miguel de Cervantes à cidade de Barcelona. Os iniciados em tais matérias relatam que na vida de Cervantes muitas penúrias e misérias haviam antecedido esse momento e que muitas outras ainda o esperavam — de batalhas a condenações injustas e prisão ou a potencial perda de uma das mãos em combate — antes de poder gozar, no ocaso da vida, alguns poucos anos de paz. Fossem quais fossem os meandros ocultos do destino que o tinham levado até ali, um grande agravo e uma ameaça ainda maior, pelo que o ufano Sancho pôde coligir, ainda estavam em seus calcanhares.

Sancho, homem afeito a relatos de amorios ardorosos e autossacramentais de moral robusta, pôde inferir que no âmago de tal intriga devia estar, como fulcro e atrativo, a presença daquela jovem de beleza e encantos sobrenaturais que atendia pelo nome de Francesca. Sua pele era um sopro de luz; sua voz, um suspiro que fazia os corações palpitarem; seu olhar e seus lábios, promessas de prazeres cuja glosa escapava à métrica do pobre Sancho, a quem o feitiço insinuado pelas formas que se desenhavam sob aquelas vestes de seda e renda alterava o pulso e a razão. Assim, Sancho concluiu que o jovem poeta, tendo bebido daquele veneno celestial, provavelmente estava para além de qualquer salvação porque não existia homem cabal debaixo do céu que não trocaria de bom grado sua alma, suas montarias e seus estribos por uns momentos de folguedo nos braços daquela sereia.

— Amigo Cervantes, não cabe a um pobre tonto como eu dizer a vossência que um rosto e um porte destes nublam a razão de qualquer homem em estado respiratório, mas o meu nariz, que depois da barriga é meu órgão mais sagaz, me leva a pensar que, seja de onde for que você tenha subtraído semelhante peça de mulherio, não será perdoado, e que não há mundo suficiente para esconder uma Vênus de tão delicioso calibre — afirmou Sancho.

Não é necessário dizer que, em benefício do drama e da encenação, o verbo e a musicalidade do palavreado do bom Sancho foram recompostos e estilizados pela pena deste seu humilde e fiel narrador, mas a essência e a sabedoria dos seus juízos ficaram incólumes sem adulterações.

— Ai, meu amigo, se eu lhe contasse... — suspirou um Cervantes sobressaltado.

E a contar se pôs, porque em suas veias corria o vinho da narração, e porque quis o céu que tivesse o hábito de contar as coisas do mundo primeiramente a si mesmo, para melhor entendê-las, e depois contá-las aos outros, vestidas com a música e a luz da literatura, porque intuía que a vida, se não era um sonho, era ao menos uma pantomima em que o absurdo cruel do relato sempre fluía nos bastidores, e, para encontrar sentido no sem sentido das coisas, não havia entre o céu e a terra vingança maior, nem mais eficaz, que esculpir a beleza e o engenho com a força das palavras.

A história de como havia chegado a Barcelona, fugindo de perigos tremendos, e da origem e natureza daquela prodigiosa criatura chamada Francesca di Parma foi contada por Don Miguel de Cervantes sete noites depois. A pedido de Cervantes, Sancho o pusera em contato com Antoni de Sempere, pois parecia que o jovem poeta havia composto uma obra dramática, uma espécie de romance cheio de feitiços, sortilégios e paixões desenfreadas que desejava ver consagrado ao papel.

— É vital que a minha obra esteja impressa antes da próxima lua, Sancho. Minha vida e a de Francesca dependem disso.

— Mas como pode a vida de alguém depender de um monte de versos e da conjunção da lua, mestre?

— Acredite em mim, Sancho. Que eu sei o que digo.

Sancho, que secretamente só acreditava em poesias ou astronomias que lhe prometessem um bom repasto e um generoso corpo a corpo em cima da palha com uma moça de compleição fofa e riso fácil, confiou nas palavras do patrão e usou seus bons ofícios para propiciar o encontro. Os dois deixaram a bela Francesca em seus aposentos dormindo o sono das ninfas e saíram ao anoitecer. Tinham marcado um encontro com Sempere numa hospedaria que ficava à sombra da grande catedral dos pescadores, a chamada basílica de Santa María del Mar, e ali, num canto sob a luz de candeeiros, compartilharam um bom vinho, um belo pão e toucinho salgado. A freguesia do lugar era formada por pescadores, piratas, assassinos e iluminados. Risadas, brigas e espessas nuvens de fumaça flutuavam na penumbra áurea da taberna.

— Fale com Don Antoni sobre a sua comédia — animou Sancho.

— Na verdade é uma tragédia — matizou Cervantes.

— E qual é a diferença, se o mestre perdoa a minha supina ignorância dos finos gêneros líricos?

— A comédia nos ensina que a vida não deve ser levada a sério, e a tragédia nos ensina o que acontece quando não prestamos atenção no que a comédia nos ensina — explicou Cervantes.

Sancho fez que sim e, sem pestanejar, arrematou o gesto mandando uma feroz dentada no toucinho.

— Que grandeza, a poesia — murmurou.

Sempere, fraco de encomendas naqueles dias, ouvia o jovem poeta, intrigado. Cervantes tirou de uma pasta um maço de fólios que passou ao fazedor de livros. Este os examinou com atenção, parando para ler de relance algumas expressões e frases do texto.

— Aqui há trabalho para vários dias...

Cervantes tirou da cinta uma bolsa que deixou cair sobre a mesa. Lá dentro se via um punhado de moedas. Tão logo o vil metal reluziu sob a chama das velas, Sancho se precipitou para esconder a bolsa, com uma expressão aflita.

— Por Deus, mestre, não exiba estes finos manjares por aqui, que estas terras estão cheias de rufiões e magarefes que cortariam o seu gogó e os nossos só pelo perfume destes dobrões.

— Sancho tem razão, meu amigo — confirmou Sempere, examinando a clientela com os olhos.

Cervantes guardou o dinheiro e suspirou.

Sempere serviu-lhe outro copo de vinho e se dispôs a examinar os fólios do poeta com mais atenção. A obra, uma tragédia em três atos e uma epístola, segundo o autor, era intitulada *Um poeta nos infernos* e narrava os trabalhos de um jovem artista florentino que entra nos abismos do averno, pela mão do espectro de Dante, para resgatar a alma de sua amada, filha de uma família de nobres cruéis e corruptos que a vendera ao príncipe das trevas em troca de fama, fortuna e glória neste mundo finito e terreno. A cena final transcorria no interior do Duomo, onde o herói tinha que arrancar o corpo exânime de sua amada das garras de um anjo de luz e fogo.

Sancho pensou que aquilo soava mais a um sinistro teatro de fantoches, mas não disse nada porque intuía que, naqueles misteres, os amantes das letras eram melindrosos e não aceitavam réplicas com muito entusiasmo.

— Conte-me o que o levou a escrever esta obra, meu amigo — convidou Sempere.

Cervantes, que a essa altura já derramara goela abaixo três ou quatro copos de vinho, assentiu com a cabeça. Era visível que desejava aliviar sua consciência do segredo que arrastava consigo.

— Não tema, meu amigo, pois Sancho e eu vamos guardar o seu segredo, seja ele qual for.

Sancho ergueu a taça de vinho brindando por tão nobre sentimento.

— Minha história é a história de uma maldição — começou Cervantes, hesitando.

— Como a de todos os aprendizes de poeta — disse Sempere. — Continue.

— É a história de um homem apaixonado.

— Idem. Mas não se preocupe, pois são as favoritas do público — afirmou Sempere.

Sancho assentiu várias vezes com a cabeça.

— O amor é a única pedra que sempre tropeça no mesmo homem — concordou. — E espere só até ver a moça em questão, Sempere — aduziu, reprimindo um arroto. — Daquelas que solidificam o espírito.

Cervantes cravou-lhe um olhar de censura.

— Desculpe, cavalheiro — ofereceu Sancho. — É este vinhozinho deplorável que fala por mim. A virtude e a pureza dessa dama são indiscutivelmente irrefutáveis, e que Deus faça o céu desabar sobre a minha cabeça oca se em algum momento alimentei pensamentos impuros a seu respeito.

Os três convivas ergueram brevemente os olhos para o teto da taberna e, tendo em vista que o criador não estava de plantão e não houve qualquer percalço, sorriram e ergueram os copos para brindar a feliz ocasião daquele encontro. E foi assim que o vinho, que faz os homens ficarem sinceros quando menos precisam e lhes dá coragem quando deveriam continuar covardes, persuadiu Cervantes a narrar a história dentro da história, aquilo que os assassinos e os loucos chamam de verdade.

UM POETA NOS INFERNOS

Diz o provérbio que um homem deve caminhar enquanto ainda tem pernas, falar enquanto ainda tem voz e sonhar enquanto ainda conserva a inocência, porque, mais cedo ou mais tarde, não poderá mais ficar em pé, não terá mais fôlego e não perseguirá sonho algum além da noite eterna do esquecimento. Com essas palavras na alforja, uma ordem de busca e captura em seu nome, consequência de um duelo ocorrido em circunstâncias obscuras, e com o fogo dos verdes anos nas veias, o jovem Miguel de Cervantes partiu da vila de Madri num dia do ano de Nosso Senhor de 1569, rumo às lendárias cidades da Itália em busca dos prodígios, da beleza e da ciência que elas tinham, segundo aqueles que as conheciam, em maior número e com mais graça que qualquer outro lugar que se pudesse ser encontrado nos mapas de reino. Muitas foram as aventuras e desventuras que lhe sucederam lá, mas a maior de todas foi seu destino ter cruzado com aquela criatura de luminosidade impossível que atendia pelo nome de Francesca, em cujos lábios conheceu o céu e o inferno e em cujo anseio selaria para sempre o seu destino.

Ela só tinha dezenove anos e já perdera toda e qualquer esperança na vida. Era a última filha de uma família vil e deserdada que sobrevivia num casarão pendurado sobre as águas do rio Tibre, na milenar cidade de Roma. Seus irmãos, uns trapaceiros broncos e de má índole, não faziam outra coisa além de vadiar e cometer furtos e crimes de pouca monta, que mal davam para levar à boca um pedaço de pão. Seus pais, dois anciões precoces que afirmavam tê-la concebido no outono de suas misérias, não passavam de uns farsantes miseráveis que encontraram a pequena Francesca chorando no colo ainda tépido da sua verdadeira mãe, uma garota sem nome que havia morrido ao dar à luz aquela criança sob os arcos da antiga ponte do castelo de Sant'Angelo.

Cogitando em jogar a criança no rio e só levar consigo a medalha de cobre que a mãe tinha no pescoço, o casal de meliantes afinal reparou na prodigiosa perfeição daquele bebê e decidiu ficar com ele, pois certamente poderiam conseguir um bom preço por uma dádiva como aquela entre as famílias mais refinadas dos setores abastados da corte. À medida que passavam os dias, as semanas e os meses, a cobiça dos dois foi crescendo, pois dia a dia a pequena se revelava uma criatura de tal beleza e encanto que seu valor e a cotação só podiam aumentar na mente dos captores. Quando tinha acabado de fazer dez anos, um poeta florentino que estava de passagem por Roma um dia a viu indo buscar água no rio, não muito longe de onde havia nascido e perdido a mãe, e ao enfrentar o feitiço do seu olhar dedicou a ela uns versos que compôs na hora, conferindo-lhe o que viria a ser seu nome, Francesca, pois sua família adotiva nunca se incomodara de lhe dar um. Assim cresceu

Francesca, até florescer numa mulher de perfumes deliciosos e uma presença que interrompia as conversas e paralisava o tempo. Nessa época, a única coisa que ofuscava sua imagem de uma beleza que escapava às palavras era a infinita tristeza do seu olhar.

Em pouco tempo, artistas de toda a Roma começaram a oferecer polpudos honorários aos seus pais e exploradores para utilizá-la como modelo em suas obras. Ao vê-la, tinham a certeza de que se houvesse alguém com talento e técnica capazes de reter sobre uma tela ou um mármore nem que fosse a décima parte do seu encanto, passaria para a posteridade como o maior artista da história. A disputa por seus serviços era incessante, e aqueles ex-indigentes viviam agora num esplendor de novas riquezas, circulando em vistosas e estridentes carruagens de cardeal, usando vestes de seda multicolorida e untando suas vergonhas com perfume para camuflar a ignomínia que recobria seus corações.

Com a maioridade de Francesca, e temendo perder o tesouro que era o fundamento da sua fortuna, seus pais decidiram oferecê-la em casamento. Contrariando a prática de pagar um dote, como cabia à família das noivas segundo o costume da época, sua ousadia os levou a exigir uma quantia substancial em troca de conceder a mão e o corpo da donzela a quem oferecesse o maior lance. Houve uma disputa sem precedentes na cidade, e o vencedor foi um dos mais célebres e renomados artistas locais, Don Anselmo Giordano. Àquela altura, Giordano já era um homem no último sopro da maturidade, com o corpo e a alma castigados por décadas de excessos e um coração contaminado de cobiça e inveja porque, apesar de todos os louvores, fortuna e elogios que sua obra havia colhido, seu sonho secreto era que o seu nome e sua reputação ultrapassassem os de Leonardo.

O grande Leonardo havia morrido cinco décadas antes, mas Anselmo Giordano jamais pôde esquecer, nem perdoar, o dia em que, ainda adolescente, foi ao ateliê do mestre para se oferecer como aprendiz. Leonardo examinou alguns dos esboços que ele levou e lhe disse umas palavras amáveis. O pai do jovem Anselmo era um renomado banqueiro a quem Leonardo devia um ou dois favores, e o rapaz estava convicto de que o seu lugar no ateliê do maior artista do seu tempo estava garantido. Qual não foi sua surpresa quando Leonardo, não sem manifestar tristeza, lhe disse que reconhecia algum talento em seu traço, mas não o suficiente para fazer a diferença em relação aos mil e um postulantes que, tal como ele, nunca chegariam nem perto da mediania. Também lhe disse que ele tinha alguma ambição, mas não a suficiente para se distinguir de tantos aprendizes que nunca seriam capazes de sacrificar o que fosse necessário para merecer a luz da verdadeira inspiração. E por fim lhe disse também que talvez pudesse adquirir um pouco da técnica do ofício, mas nunca o suficiente para valer a pena dedicar sua vida a uma profissão na qual só os gênios conseguem sobreviver, e não muito bem.

— Jovem Anselmo — disse Leonardo —, não fique triste com as minhas palavras, ao contrário, veja nelas uma bênção, pois a posição do seu gentil genitor fará de você um homem rico por toda a vida, e assim não terá que lutar com o pincel e o cinzel nas mãos para ganhar o sustento. Você vai ser um homem afortunado, um homem querido e respeitado por seus concidadãos, mas o que nunca será, nem mesmo se tiver todo o ouro do mundo, é um gênio. Há poucos destinos mais cruéis e amargos que o de um artista medíocre que passa a vida invejando e amaldiçoando seus competidores. Não desperdice sua vida num destino infortunado.

Deixe que outros, que não têm escapatória, criem a arte e a beleza. E com o tempo aprenda a perdoar minha sinceridade, que hoje dói, mas amanhã, se a aceitar de boa vontade, o salvará do seu próprio inferno.

E com essas palavras o mestre Leonardo despachou o jovem Anselmo, que depois passou horas perambulando pelas ruas de Roma chorando de raiva. Quando voltou para a casa do seu pai, anunciou que não queria mais estudar com Leonardo, que na sua opinião não passava de um farsante que fabricava obras vulgares para uma massa de ignorantes que não sabiam apreciar a verdadeira arte.

— Serei um artista puro, só para os eleitos que possam entender a profundidade do meu trabalho.

Seu pai, um homem paciente e, como todos os banqueiros, melhor conhecedor da natureza humana que o mais sábio dos cardeais, abraçou-o e lhe disse que não tivesse receio, que nunca lhe faltaria nada, nem sustento, nem admiradores, nem elogios para a sua obra. E, antes de morrer, o banqueiro providenciou para que assim ocorresse.

Anselmo Giordano nunca perdoou Leonardo, porque um homem é capaz de perdoar tudo menos que lhe digam a verdade. Cinquenta anos depois, seu ódio e seu desejo de desacreditar o falso mestre eram maiores do que nunca.

Quando Anselmo Giordano ouviu a lenda da jovem Francesca contada por poetas e pintores, mandou seus servos com uma bolsa de moedas de ouro à residência da família solicitando sua presença. Engalanados como micos de circo em visita à corte de Mântua, os pais da jovem apareceram na casa de Giordano escoltando a jovem, vestida com uns farrapos humildes. Quando o artista pousou os olhos nela, sentiu o coração virar pelo avesso. Tudo o que tinha ouvido era verdade, e muito mais. Não existia e nunca havia existido na terra uma beleza como aquela, e ele entendeu, como só pode entender um artista, que seu encanto não provinha, como todos pensavam, daquela pele e daquele corpo cinzelado, mas da força e da luminosidade que emanavam do interior da jovem, dos seus olhos tristes e desolados, dos seus lábios silenciados pelo destino.

    Foi tal a impressão que Francesca di Parma causou no mestre Giordano que ele imediatamente teve certeza de que não podia deixá-la escapar, que não podia permitir que posasse para nenhum outro artista e que aquela maravilha da natureza só podia ser sua e de mais ninguém. Só assim conseguiria criar uma obra que conquistasse o público, passando à frente do desprezível e abjeto Leonardo. Só assim sua reputação e sua fama superariam as do finado Leonardo, cujo nome não precisaria mais dar-se ao trabalho de desprezar em público porque, quando atingisse o topo, ele é que poderia se permitir ignorá-lo e afirmar que sua obra só tinha existido como um alimento para caipiras e ignorantes. Giordano então formulou uma oferta que ultrapassou os mais áureos sonhos dos dois miseráveis que se diziam pais de Francesca. O casamento, a ser celebrado na capela do palácio de Giordano, teria que ocorrer na semana seguinte. Francesca não disse uma palavra durante a transação.

    Sete dias depois, o jovem Cervantes estava perambulando pela cidade em busca de inspiração quando viu o séquito que acompanhava uma grande carruagem dourada abrir caminho em meio à multidão. Ao cruzar a Via del Corso, a procissão parou por um instante — e foi aí que a viu. Francesca di Parma, usando as mais delicadas sedas que os artesãos florentinos já haviam tecido, olhava silenciosamente para ele pela janela da carruagem. Foi tal a profundidade da tristeza que leu em seu olhar, tal a força daquele espírito roubado que transportavam para a sua prisão, que Cervantes foi tomado pela fria certeza de que, pela primeira vez na vida, tinha encontrado as linhas do seu verdadeiro destino no rosto de uma desconhecida.

Ao ver o cortejo se afastando, Cervantes perguntou quem era aquela criatura, e as gentes que passavam lhe contaram a história de Francesca di Parma. Escutando os relatos, lembrou que tinha ouvido falatórios e boatos sobre ela, mas não lhes dera crédito e atribuíra aquilo à fabulação ardorosa dos dramaturgos locais. No entanto, a lenda era verdadeira. A beleza sublime se havia encarnado em uma garota simples e humilde, e as pessoas à sua volta, como era de se esperar, trataram logo de providenciar sua desgraça e sua humilhação. O jovem Cervantes quis seguir o cortejo até o palácio de Giordano, mas não teve forças. Aquela festa e seus folguedos eram para ele uma música funesta, tudo o que via lhe parecia parte da tragédia da destruição da pureza e da perfeição pelas mãos da cobiça, da miséria e da ignorância humanas.

Seguiu para o seu albergue, na contracorrente da multidão, que queria acompanhar as núpcias junto aos muros do palácio do célebre artista, invadido por uma tristeza quase tão grande como a que tinha visto no olhar da garota sem nome. Naquela mesma noite, enquanto o professor Giordano tirava do corpo de Francesca di Parma as sedas que o envolviam e acariciava cada centímetro da sua pele com incredulidade e luxúria, a casa da antiga família da jovem, construída numa localização atrevida sobre o Tibre, não suportou o peso dos tesouros e ouropéis acumulados à sua custa e desabou nas águas geladas do rio com todos os integrantes do clã aprisionados em seu interior, os quais nunca mais seriam vistos.

Não muito longe dali, à luz de uma lamparina, Cervantes, não conseguindo conciliar o sono, enfrentava o papel e a tinta para escrever a respeito de tudo aquilo que havia presenciado naquele dia. Mas as mãos e o verbo fraquejaram quando tentou descrever a impressão que lhe causara a troca de olhares com a donzela Francesca durante aquele breve instante na Via del Corso. Toda a arte que julgava possuir se desmanchou ao pé da pena, nenhuma palavra ficou presa na página. Pensou então que, se porventura algum dia conseguisse capturar em sua literatura apenas um décimo da magia daquela presença, seu nome e sua reputação se alçariam como um dos maiores poetas da história e ele se tornaria um rei entre os narradores, um príncipe do Parnaso cuja luz iluminaria o paraíso perdido da literatura e, de quebra, apagaria da face da Terra a odiosa reputação do pérfido dramaturgo Lope de Vega, a quem a fortuna e a glória não cessavam de sorrir e que colhia sucessos sem precedentes desde a primeira juventude, ao passo que ele mesmo não conseguia esboçar um mísero verso que não envergonhasse o papel em que estava escrito. Instantes depois, ao reconhecer o negrume dessa aspiração, sentiu vergonha da própria vaidade e da inveja insana que o corroía, e pensou que não era um homem melhor que o velho Giordano, que àquela altura devia estar lambendo o mel proibido com os seus lábios de embusteiro e explorando os segredos roubados à mão armada de dobrões com os seus dedos trêmulos e sujos de infâmia.

Na sua infinita crueldade, intuiu, Deus tinha abandonado a beleza de Francesca di Parma nas mãos dos homens para lembrar-lhes a feiura de suas almas, a miséria dos seus esforços e a hostilidade dos seus desejos.

Passaram-se dias sem que a recordação daquele breve encontro saísse da sua memória. Cervantes tentava trabalhar, sentado diante da escrivaninha, para conjugar as peças de um drama que pudesse satisfazer o público e capturar sua imaginação como aqueles que Lope escrevia sem esforço aparente, mas tudo o que sua mente conseguia evocar era a perda que a imagem de Francesca di Parma havia plantado em seu coração. Por conta do drama que se propusera a escrever, sua pena dava à luz, página após página, um turvo romance em cujos versos tentava refazer a história perdida da garota. No relato, Francesca não tinha memória e era uma página em branco; seu personagem, um destino a escrever que só ele podia fabular, uma promessa de pureza que lhe devolveria a vontade de crer em algo limpo e inocente em um mundo de mentiras e enganos, de mesquinharia e condenação. Passava as noites em claro, açoitando a imaginação e tensionando as cordas do engenho até a exaustão e, mesmo assim, ao amanhecer, relia seus fólios e os entregava ao fogo porque sabia que não mereciam partilhar a luz do dia com a criatura que os havia inspirado e que agora se consumia lentamente no cárcere que Giordano, que ele nunca tinha visto, mas já detestava com todo o seu ser, tinha construído para ela entre os muros do seu palácio. Os dias se empilhavam em semanas e as semanas em meses, e de repente já se havia passado meio ano desde o dia do casamento de Don Anselmo Giordano e Francesca di Parma, e ninguém em toda a Roma tinha voltado a vê-los depois disso. Sabia-se que os melhores mercadores da cidade faziam entregas de mantimentos nas portas do palácio e eram recebidos por Tomaso, o criado pessoal do mestre. Sabia-se que o ateliê de Antonio Mercanti fornecia semanalmente telas e material de trabalho para o mestre. Porém, nenhuma alma podia dizer que tinha visto pessoalmente o artista ou sua jovem esposa. No dia em que se completavam seis meses da cerimônia de núpcias, Cervantes se encontrava no escritório de um afamado empresário teatral, um homem que administrava vários dos grandes palcos da cidade e estava sempre em busca de novos autores com talento, fome e disposição de trabalhar por uma esmola. Graças à recomendação de vários colegas, Cervantes havia conseguido uma audiência com Don Leonello, um extravagante gentil-homem de maneiras empoladas e vestiduras nobres que tinha uma coleção de frascos de vidro no tampo da sua escrivaninha com secreções íntimas de grandes cortesãs, cuja virtude ele supostamente havia colhido em flor, e usava na lapela um pequeno broche em forma de anjo. Leonello deixou-o em pé enquanto passava os olhos de viés pelas páginas do drama, fingindo tédio e desdém.

— *Um poeta nos infernos* — murmurava o empresário. — Muito batido. Outros já contaram esta história, antes e melhor que você. O que eu quero, digamos, é inovação. Valentia. Visão.

Cervantes sabia por experiência própria que aqueles que dizem procurar essas nobres virtudes na arte normalmente são os menos capazes de reconhecê-las, mas também sabia que um estômago vazio e um bolso magro deixam qualquer pessoa sem argumentos nem retórica. Seu instinto lhe dizia que Leonello, com seu aspecto de raposa velha, sentia-se no mínimo perturbado pela natureza do material que ele havia apresentado.

— Lamento ter desperdiçado o tempo de sua senhoria...

— Vamos com calma — cortou Leonello. — Eu disse que é muito batido, mas não que é, digamos, excrementício. Você tem um pouco de talento, mas lhe falta técnica. E o que não tem é, digamos, gosto. Nem senso de oportunidade.

— Agradeço a sua generosidade.

— E eu o sarcasmo, Cervantes. Vocês espanhóis sofrem de excesso de orgulho e falta de perseverança. Não se renda tão depressa. Aprenda com o seu compatriota Lope de Vega. Gênio e figura, como vocês dizem.

— Levarei isto em conta. Vê então sua excelência alguma possibilidade de aceitar a minha obra?

Leonello deu uma risada.

— Por acaso os porcos voam? Ninguém quer ver, digamos, dramas sem esperança que vêm nos contar que o coração dos homens está podre e que o inferno é você mesmo e o próximo, Cervantes. As pessoas vão ao teatro para rir, chorar e para que alguém lhes diga que elas são boas e nobres. Você ainda não perdeu a ingenuidade e acha que tem, digamos, uma verdade para contar. Vai se curar com o passar do tempo, é o que espero, porque não gostaria de vê-lo na fogueira ou mofando num calabouço.

— Então acha que a minha obra não poderia interessar a ninguém...

— Eu não falei isso. Digamos que conheço alguém que talvez possa estar interessado.

Cervantes sentiu o pulso acelerar.

— Como é previsível a fome — suspirou Leonello.

— A fome, ao contrário dos espanhóis, carece de orgulho e tem perseverança de sobra — ofereceu Cervantes.

— Viu? Você tem um pouco de técnica. Sabe virar uma sentença pelo avesso e construir uma linha, digamos, dramática de réplica. É de principiante, porém mais de um papalvo com obras no palco não sabe escrever sequer uma saída de cena...

— Então pode me ajudar, Don Leonello? Eu posso fazer de tudo e aprendo rápido.

— Não tenho dúvida a respeito...

Leonello o observava, hesitando.

— Qualquer coisa, excelência. Eu lhe peço...

— Há uma coisa que possivelmente poderia lhe interessar. Mas tem os seus, digamos, riscos.

— Os riscos não me assustam. Não mais que a miséria, pelo menos.

— Neste caso... conheço certo cavalheiro com quem tenho um, digamos, acordo. Quando uma jovem promessa com certo potencial, como, digamos, você, atravessa o meu caminho, eu a mando para ele, que, digamos, depois me agradece. À sua maneira.

— Sou todo ouvidos.

— É isso o que me preocupa... acontece que o cavalheiro em questão está circunstancialmente, digamos, de passagem pela cidade.

— Esse cavalheiro é um empresário teatral como sua excelência?

— Digamos que é algo parecido. Um editor.

— Melhor ainda...

— Se você diz. Ele tem atuação em Paris, Roma e Londres e está sempre em busca de um tipo especial de talento. Como o seu, digamos.

— Eu lhe agradeço enormemente o...

— Não me agradeça. Vá procurá-lo, dizendo que foi enviado por mim. Mas depressa. Pelo que sei só está na cidade por alguns dias...

Leonello anotou um nome num fólio e lhe entregou.

> Andreas Corelli
> Stampa della Luce

— Você pode encontrá-lo na Locanda Borghese, ao anoitecer.
— Será que minha obra vai lhe interessar?

Leonello sorriu enigmaticamente.

— Boa sorte, Cervantes.

Ao cair a noite, Cervantes vestiu a única muda de roupa limpa que tinha e se dirigiu à Locanda Borghese, uma vila rodeada de jardins e canais que ficava não muito longe do palácio de Don Anselmo Giordano. Um criado circunspeto o surpreendeu ao pé da escadaria, anunciando que estava ali à sua espera e que em breve Andreas Corelli o receberia num dos salões. Cervantes imaginou que talvez Leonello fosse mais bondoso do que diziam e havia mandado um bilhete de recomendação ao seu amigo editor. O criado conduziu Cervantes até uma grande biblioteca oval mergulhada na penumbra que era aquecida por uma lareira que projetava um intenso lume âmbar dançando pelas infinitas paredes de livros. Havia duas grandes poltronas em frente ao fogo, e Cervantes, depois de hesitar por alguns instantes, sentou-se em uma delas. A dança hipnótica das chamas e seu hálito morno o envolveram. Passaram-se alguns minutos até que reparou que não estava sozinho. Uma figura alta e angulosa ocupava a outra poltrona. Estava vestido de preto e usava na roupa um anjo de prata idêntico ao que tinha visto naquela tarde na lapela de Leonello. A primeira coisa que notou foram as suas mãos, as maiores que já tinha visto, pálidas e armadas de dedos compridos e afiados. A segunda coisa foram os olhos. Dois espelhos que refletiam as chamas e o seu próprio rosto, não piscavam nunca e pareciam modificar o desenho das pupilas sem que qualquer músculo do rosto se movesse um milímetro.

— O meu bom amigo Leonello diz que você é um homem de grande talento e pouca fortuna.

Cervantes engoliu em seco.

— Não permita que meu aspecto o inquiete, prezado Cervantes. As aparências nem sempre enganam, mas quase sempre atordoam.

Cervantes assentiu em silêncio. Corelli sorriu sem abrir os lábios.

— Você me trouxe um drama. Estou enganado?

Cervantes lhe deu o manuscrito e viu que, ao ler o título, Corelli sorria para si mesmo.

— É uma primeira versão — aventurou Cervantes.

— Não é mais — disse Corelli, virando as páginas.

Cervantes observou o editor lendo com calma, às vezes sorrindo ou erguendo as sobrancelhas com surpresa. Um copo de vinho e uma garrafa com um líquido de cor refinada parecia ter-se materializado na mesa que havia entre as duas poltronas.

— Sirva-se, Cervantes. O homem não sobrevive só de letras.

Cervantes serviu um pouco de vinho no copo e levou-o aos lábios. Um aroma doce e embriagador inundou seu paladar. Tomou o vinho em três goles e sentiu uma vontade irresistível de servir-se mais.

— Sem pudor, meu amigo. Uma taça sem vinho é um insulto à vida.

Pouco depois Cervantes perdeu a conta dos copos que tinha saboreado. Dominado por uma grata e reconfortante sonolência, ainda pôde ver entre as pálpebras entrefechadas que Corelli continuava lendo o manuscrito. Ouviram-se ao longe as badaladas de meia-noite. Pouco depois, caiu a cortina de um sono profundo e Cervantes se abandonou ao silêncio.

Quando abriu os olhos, a silhueta de Corelli se recortava em frente à lareira. O editor estava em pé diante das chamas, de costas para ele, com seu manuscrito na mão. Sentiu um começo de náusea, o gosto adocicado do vinho na garganta, e se perguntou quanto tempo havia passado.

— Algum dia você vai escrever uma obra-prima, Cervantes — disse Corelli. — Mas esta aqui não é.

Ato contínuo o editor jogou o manuscrito na lareira. Cervantes se jogou em direção às chamas, mas o fragor do fogo o deteve. Viu o fruto do seu trabalho arder irrecuperavelmente, as linhas de tinta se tingirem com a chama azul e regueiras de fumaça branca percorrerem as páginas como serpentes de pólvora. Desolado, caiu de joelhos e quando se virou em direção a Corelli viu que o editor olhava para ele com pena.

— Às vezes um escritor precisa queimar mil páginas antes de escrever uma que mereça a sua assinatura. Você mal começou. Sua obra está à sua espera, no umbral da maturidade.

— Não tinha o direito a fazer isso...

Corelli sorriu e lhe ofereceu a mão para ajudá-lo a se levantar. Cervantes hesitou, mas afinal aceitou.

— Quero que escreva algo para mim, meu amigo. Sem pressa. Nem que leve anos, e vai levar. Mais do que imagina. Algo afim à sua ambição e aos seus desejos.

— O que sabe dos meus desejos?

— Como quase todos os aspirantes a poeta, Cervantes, você é como um livro aberto. Por isso, porque acho que o seu *Poeta nos infernos* é uma simples brincadeira de criança, uma febre que vai passar, quero lhe fazer uma oferta firme. Uma oferta para que escreva uma obra à sua altura, e à minha.

— O senhor queimou tudo o que consegui escrever em meses de trabalho.

— E lhe fiz um favor. Agora me diga de coração aberto se realmente acha que não tenho razão.

Levou um tempo, mas Cervantes assentiu com a cabeça.

— E me diga se estou errado ao afirmar que, no fundo do coração, você tem esperança de criar uma obra que eclipse os seus rivais, que obscureça o nome do tal Lope e o seu engenho tão fecundo...

Cervantes quis protestar, mas as palavras não chegavam aos seus lábios. Corelli sorriu de novo.

— Não há motivo para se envergonhar. Nem para pensar que esse desejo o transformou em alguém como Giordano...

Cervantes ergueu a vista, desconcertado.

— Claro que conheço a história de Giordano e sua musa — respondeu Corelli, antecipando-se à pergunta. — Conheço a história porque conheço o velho mestre desde muitos anos antes de você nascer.

— Anselmo Giordano é um miserável.

Corelli riu.

— Não, não é. É simplesmente um homem.

— Um homem que merece pagar pelos seus crimes.

— É mesmo? Não me diga que vai travar um duelo com ele também.

Cervantes empalideceu. Como o editor podia saber que ele tinha deixado a vila de Madri, meses antes, fugindo de uma ordem de captura provocada por um duelo de que tinha participado?

Corelli se limitou a sorrir com malícia e lhe apontou um dedo acusador.

— E que crimes são esses que você atribui ao infeliz do Giordano, além de sua veia para pintar cenas bucólicas com cabras, virgens e pastorzinhos, bem ao gosto de comerciantes e bispos, e madonas de busto túrgido que alegram a vista dos paroquianos em plena oração?

— Ele raptou aquela pobre garota e a mantém presa no palácio para satisfazer a sua cobiça e a sua baixeza. Para esconder sua falta de talento. Para apagar sua vergonha.

— Como os homens são rápidos em julgar seus semelhantes por ações que eles mesmos realizariam se tivessem oportunidade...

— Eu nunca faria o que ele fez.

— Tem certeza?

— Absoluta.

— Teria coragem suficiente para provar isso?

— Não entendo...

— Diga-me, Cervantes. O que sabe a respeito de Francesca di Parma? E não me venha recitar o poema da donzela desonrada e sua cruel infância. Você já demonstrou que domina os rudimentos do teatro...

— Só sei... que ela não merece viver numa prisão.

— Por causa talvez da sua beleza? Por acaso isso a enobrece?

— Por causa da sua pureza. Da sua bondade. Da sua inocência.

Corelli passou a língua pelos lábios.

— Você ainda tem tempo para abandonar as letras e abraçar o sacramento do sacerdócio, amigo Cervantes. Remuneração melhor, moradia e, nem preciso dizer, refeições quentes e fartas. É necessário ter muita fé para ser poeta. Mais do que a sua.

— O senhor ri de tudo.

— Só de você, Cervantes.

Este se levantou e fez menção de dirigir-se para a saída.

— Então o deixarei a sós para que vosmecê ria à vontade.

Cervantes já estava chegando à porta da sala quando esta se fechou na sua cara com tanta força que o derrubou no chão. Ainda tentava se levantar quando descobriu que Corelli estava inclinado sobre ele, dois metros de uma figura angulosa que parecia prestes a pular em sua direção e despedaçá-lo.

— Levante-se — ordenou.

Cervantes obedeceu. Os olhos do editor pareciam ter mudado. Duas grandes pupilas pretas se expandiam sobre o seu olhar. Nunca tinha sentido tanto medo. Deu um passo para trás e colidiu com a parede de livros.

— Vou lhe dar uma oportunidade, Cervantes. Uma oportunidade de conseguir ser você mesmo e parar de perambular por caminhos que o levariam a viver vidas que não são a sua. E, como em toda oportunidade, a escolha final será sua. Aceita a minha oferta?

Cervantes encolheu os ombros.

— Minha oferta é esta. Você vai escrever uma obra-prima, mas para isso terá que perder o que mais ama. Sua obra será celebrada, invejada e imitada até o fim dos tempos, mas em seu coração se abrirá um vazio mil vezes maior que a glória e a vaidade do seu engenho, porque só então você vai compreender a verdadeira natureza dos seus sentimentos e só então vai saber se é mesmo, como se julga, um homem melhor que Giordano e todos aqueles que, como ele, já caíram de joelhos ante o próprio reflexo ao aceitar este desafio... Aceita?

Cervantes tentou desviar a vista dos olhos de Corelli.

— Não estou ouvindo a sua resposta.

— Aceito — ouviu-se dizer.

Corelli lhe ofereceu a mão e Cervantes apertou-a. Os dedos do editor se fecharam sobre os seus como uma aranha, e o poeta sentiu no rosto o hálito frio de Corelli, com cheiro de terra revolvida e flores mortas.

— Todo domingo, à meia-noite, Tomaso, o criado de Giordano, abre o portão que dá num beco escondido atrás de um arvoredo, no lado leste do palácio, e sai para buscar um frasco de tônico feito com especiarias e água de rosas que o curandeiro Avianno prepara para o patrão e que este julga capaz de devolver-lhe o brio da juventude. Esta é a única noite da semana em que os criados e a escolta do mestre têm folga, e o plantão seguinte só chega ao amanhecer. Durante a meia hora em que o criado fica na rua, a porta permanece aberta e ninguém vigia o palácio...

— E o que espera de mim? — balbuciou Cervantes.

— A questão é o que você espera de si mesmo, meu caro. É esta a vida que deseja viver? É este o homem que deseja ser?

As chamas da fogueira tremeluziam e se apagavam, as sombras avançavam sobre as paredes da biblioteca como manchas de tinta derramada e começaram a envolver Corelli. Quando Cervantes quis responder, já estava sozinho.

Naquele domingo à meia-noite, Cervantes estava escondido entre as árvores que circundavam o palácio de Giordano, à espreita. Ainda não tinham acabado de soar as primeiras badaladas da madrugada quando, tal como Corelli havia predito, abriu-se uma pequena porta lateral e dela saiu a silhueta encurvada do velho criado do artista, que começou a descer o beco. Cervantes esperou até que a sombra se perdesse na noite e se esgueirou até a porta. Pôs a mão na maçaneta e pressionou para baixo. Tal como Corelli tinha anunciado, a porta se abriu. Cervantes deu uma última espiada para fora e, ao concluir que ninguém o estava observando, entrou. Assim que fechou a porta às suas costas, percebeu que estava imerso numa escuridão absoluta e amaldiçoou sua falta de senso comum por não ter levado uma vela ou um lampião para se orientar. Apalpou as paredes, úmidas e escorregadias como vísceras de animal, e avançou tateando até tropeçar no primeiro degrau de algo que parecia uma escada em espiral. Subiu devagar, e pouco depois de um leve bafejo de claridade avistou um arco de pedra que se abria para um grande corredor de piso tramado, com grandes losangos de mármore brancos e pretos à maneira de um tabuleiro de xadrez. Como um peão avançando furtivamente numa jogada, Cervantes se encaminhou para o interior do grande palácio. Ainda não havia terminado de percorrer aquele corredor até o fim quando começou a notar as molduras e telas abandonadas junto às paredes, no chão e traçando algo que dava a impressão de restos de um naufrágio espalhados por todo o palácio. Cruzou em frente ao umbral de câmaras e salões onde se viam retratos inacabados empilhados em cima de prateleiras, mesas e cadeiras. Uma escada de mármore que levava aos andares superiores estava tomada por telas quebradas, algumas ainda com restos da fúria com que seu autor as destruíra. Chegando ao átrio central, Cervantes se viu debaixo de um grande feixe de luar vaporoso que se filtrava pela cúpula que coroava o palácio, onde os pombos que revoavam por ali projetavam o eco de suas asas naqueles corredores e aposentos em estado de ruína. Quando se ajoelhou ante um dos retratos, reconheceu o rosto desbotado na tela; um perfil inacabado, como todos, de Francesca di Parma.

Cervantes olhou em volta e viu centenas de retratos como aquele, todos descartados, todos abandonados. Então entendeu por que ninguém via mais o mestre Giordano. O artista, em sua obstinação desesperada de recuperar a inspiração perdida e capturar a luminosidade de Francesca di Parma, fora perdendo a razão a cada pincelada. Sua loucura tinha deixado um rastro de telas inacabadas que se espalhavam por todo o palácio, como a pele de uma serpente.

— Faz tempo que eu estava à sua espera — disse uma voz às suas costas.

Cervantes se virou. Um velho emaciado, de cabelo comprido e desgrenhado, roupa encardida e uns olhos vítreos e avermelhados o observava sorrindo num canto da sala. Estava sentado no chão, com uma taça e uma garrafa de vinho como únicas companhias. Mestre Giordano, um dos mais famosos artistas do seu tempo, transformado em mendigo louco na sua própria residência.

— Veio buscá-la, não é mesmo? — perguntou ele.

Cervantes não conseguiu responder. O velho pintor se serviu outra taça de vinho e ergueu-a como um brinde.

— Meu pai construiu este palácio para mim, sabia? Disse que me protegeria do mundo. Mas quem nos protege de nós mesmos?

— Onde está Francesca? — perguntou Cervantes.

O pintor olhou-o longamente, saboreando o vinho com uma expressão sarcástica.

— Acha mesmo que vai triunfar onde tantos fracassaram?

— Não estou querendo triunfo algum, mestre. Só vim libertar uma garota que não merece viver num lugar como este.

— Nobreza corajosa a de quem mente até para si mesmo — determinou Giordano.

— Não vim aqui discutir com o senhor, mestre. Se não me disser onde ela está, eu mesmo a encontrarei.

Giordano bebeu o que restava na taça e assentiu.

— Não sou eu quem vai impedir, jovem.

Giordano ergueu os olhos para a escadaria que subia pela bruma em direção à cúpula. Cervantes examinou com atenção a penumbra e viu-a. Francesca di Parma, uma aparição de luz entre as trevas, vinha descendo devagar, sua figura nua e descalça. Cervantes tirou rapidamente a capa e cobriu-a, rodeando seus ombros com os braços. A tristeza infinita do seu olhar caiu sobre ele.

— Vá embora deste lugar maldito, cavalheiro, enquanto ainda há tempo — murmurou ela.

— Irei, mas na sua companhia.

Giordano aplaudia a cena sentado no seu canto.

— Cena magnífica. Os amantes à meia-noite nas escadarias do céu.

Francesca olhou com ternura para o velho pintor, o homem que a mantivera presa durante meio ano, sem qualquer indício de rancor. Giordano sorriu com doçura, como um adolescente apaixonado.

— Desculpe, meu amor, por eu não ter sido aquilo que você merecia.

Cervantes quis tirar a jovem dali, mas ela continuava com o olhar fixo em seu captor, um homem que parecia estar em seu último fôlego. Giordano voltou a encher a taça de vinho e ofereceu a ela.

— Um último gole de despedida, amor.

Francesca, desfazendo o abraço de Cervantes, foi aonde estava Giordano e se ajoelhou junto a ele. Estendeu a mão e acariciou seu rosto sulcado de rugas. O artista fechou as pálpebras e se perdeu naquele contato. Antes de sair, Francesca aceitou a taça e bebeu o vinho que ele lhe oferecia. Bebeu lentamente, de olhos fechados e segurando a taça com as duas mãos. Depois, soltou-a, e o cristal se espatifou em mil pedaços aos seus pés. Cervantes ergueu-a nos braços e ela se abandonou. Sem oferecer um último olhar ao pintor, Cervantes se dirigiu para a porta principal do palácio com a garota no colo. Quando saiu, viu que a escolta e os criados o esperavam no lado de fora. Nenhum deles fez menção de detê-lo. Um dos guardas armados estava segurando um cavalo preto e ofereceu-o a ele. Cervantes hesitou antes de aceitar. Quando o fez, os homens da escolta abriram a formação e olharam para ele em silêncio. Montou no cavalo com Francesca nos braços. Já estava trotando em direção ao norte quando despontaram as chamas na cúpula do palácio de Giordano e o céu de Roma se acendeu de escarlate e cinza.

Cavalgavam de dia, passando as noites em albergues e pousadas onde as moedas que Cervantes havia encontrado nos alforjes do cavalo lhes permitiram fugir do frio e das suspeitas.

Vários dias se passaram até Cervantes reparar no hálito com aroma de amêndoas nos lábios de Francesca e nos círculos escuros que começavam a desenhar-se em volta dos seus olhos. Toda noite, quando a garota lhe entregava sua nudez abandonada, Cervantes sabia que aquele corpo estava evaporando em suas mãos, que a taça envenenada que Giordano lhe dera, na intenção de libertá-la e libertar-se a si mesmo da maldição, ardia em suas veias e a estava consumindo. Ao longo do trajeto pararam nas melhores hospedarias, onde doutores e sábios a examinavam sem conseguir descobrir seu mal. Francesca se apagava de dia, quase sem conseguir falar ou manter os olhos abertos, e ressurgia à noite, na penumbra do leito, enfeitiçando os sentidos do poeta e guiando suas mãos. Ao fim da segunda semana de viagem, ele a encontrou andando debaixo da chuva pela margem do lago que havia em frente ao albergue onde haviam parado para passar a noite. A chuva escorria por seu corpo e ela, de braços abertos, erguia o rosto para o céu como se esperasse que as gotas peroladas que cobriam sua pele fossem lhe arrancar a alma amaldiçoada.

— Você tem que me deixar aqui — disse a ele. — Precisa me esquecer e seguir o seu caminho.

Mas Cervantes, que via como a luz da garota se apagava um pouco mais a cada dia, prometeu a si mesmo que nunca ia lhe dizer adeus, que enquanto tivesse algum resquício de alento no corpo lutaria para mantê-la viva. Para mantê-la sua.

Quando atravessaram os Pireneus em direção à Península, numa travessia beirando a costa do Mediterrâneo, e rumaram para a cidade de Barcelona, Cervantes já tinha cem páginas de um manuscrito que escrevia todas as noites, enquanto a contemplava dormir aprisionada em um pesadelo. Sentia que as suas palavras, as imagens e os perfumes que conjuravam sua escrita eram a única maneira de mantê-la viva. Toda noite, quando Francesca se rendia em seus braços e se entregava ao sono, Cervantes tentava febrilmente reescrever sua alma mediante mil e uma ficções. Quando, dias depois, seu cavalo caiu morto nas proximidades das muralhas de Barcelona, o drama que tinha redigido já estava concluído e Francesca parecia ter recuperado o pulso e a cor no olhar. Sonhou acordado, enquanto cavalgava, que, naquela cidade à beira-mar, acharia refúgio e esperança, que uma alma amiga o ajudaria a encontrar quem imprimisse o seu manuscrito, e que só quando as gentes lessem a sua história, e se perdessem no universo de imagens e versos que havia criado, aquela Francesca de papel e tinta que ele forjou e a garota que toda noite agonizava em seus braços seriam uma só, e ele então voltaria para um mundo em que a maldição e a penúria podiam ser vencidas com a força das palavras e onde Deus, onde quer que se ocultasse, lhe permitiria viver mais um dia ao lado dela.

(Extraído de *Las Crónicas Secretas de la Ciudad de los Malditos*, de Ignatius B. Samson. Edição de Barrido y Escobillas Editores, S. A., Barcelona, 1924.)

BARCELONA, 1569

Enterraram Francesca di Parma dois dias depois, sob um céu todo aceso que deslizava sobre o mar em calma e pintava de luz as velas dos buques ancorados no cais do porto. A garota tinha expirado nos braços de Cervantes durante a noite, no quarto que habitavam no último andar de um velho prédio na rua Ancha. O impressor Antoni de Sempere e Sancho estavam ao lado no momento em que ela abriu os olhos pela última vez e, sorrindo, murmurou "liberte-me".

Sempere, que naquela tarde terminara de imprimir uma edição da segunda versão de *Um poeta nos infernos*, romance em três atos de autoria de Don Miguel de Cervantes Saavedra, tinha levado um exemplar para mostrar ao autor, mas este não teve ânimo sequer para ler seu nome na capa. O impressor, cuja família tinha um pequeno terreno nos arredores da antiga porta de Santa Madrona, adjacente à rua de Trenta Claus, ofereceu-lhe que sepultasse a garota naquele humilde campo-santo onde, nos piores tempos da Inquisição, a família Sempere salvara muitos livros da fogueira escondendo-os em sarcófagos que eram enterrados numa espécie de cemitério e santuário de livros. Cervantes, arrebatado de gratidão, aceitou.

No dia seguinte, depois de atear fogo pela segunda e última vez em seu *Poeta nos infernos* na areia da praia onde um dia o bacharel Sansón Carrasco iria derrotar o engenhoso fidalgo Alonso Quijano, Cervantes saiu da cidade levando na alma, dessa vez sim, a lembrança e a luz de Francesca.

BARCELONA, 1610

Iriam passar quatro décadas até que Miguel de Cervantes voltasse à cidade onde havia enterrado a sua inocência. Um caudal de desventuras, fracassos e pesares marcava o relato dos seus dias. Os dulçores do reconhecimento, na sua mais misérrima e avara encarnação, só lhe sorriram quando chegou à maturidade. E enquanto o seu tão admirado contemporâneo, o dramaturgo e aventureiro Lope de Vega, colhia fama, fortuna e glória desde a juventude, Cervantes recebeu os laureis tarde demais, porque o aplauso só tem valor quando chega na hora certa. Quando é uma flor murcha e tardia, não passa de insulto e ofensa.

Por volta de 1610, Cervantes finalmente já podia se considerar um literato célebre, embora de modestíssima fortuna, pois o vil metal tinha fugido dele a vida toda e não parecia disposto a mudar de ideia justamente no epílogo da sua existência. Deixando à parte as ironias do destino, dizem os estudiosos que Cervantes foi feliz durante aqueles fugazes três meses que passou em Barcelona no ano de 1610, embora não faltem os que duvidam de que ele tenha realmente posto os pés na cidade alguma vez e aqueles que fariam um escândalo se alguém insinuasse que qualquer dos acontecimentos relatados neste modesto romance apócrifo tenha ocorrido em algum momento ou lugar que não fosse a imaginação decadente de um escriba desalmado.

Mas se vamos dar crédito à lenda e aceitar a moeda da fantasia e do devaneio, podemos afirmar que nessa época Cervantes habitava um apartamento conjugado em frente à muralha do porto com janelas abertas para a luz do Mediterrâneo, não muito distante do quarto onde Francesca di Parma havia falecido em seus braços, e que se sentava ali diariamente para compor alguma das obras que tanta fama iriam lhe granjear, sobretudo para além das fronteiras do reino que o vira nascer. O imóvel onde se hospedava era propriedade do seu velho amigo Sancho, que se tornara um próspero comerciante dono de uma prole de seis filhos e de uma disposição afável que nem o contato com as vergonhas do mundo conseguira lhe arrebatar.

— E o que anda escrevendo, mestre? — perguntava Sancho todos os dias ao vê-lo sair. — A minha senhora esposa ainda está esperando novas aventuras de bravura e lança do nosso querido fidalgo manchego...

Cervantes se limitava a sorrir e nunca respondia à pergunta. Às vezes, ao entardecer, ia até a gráfica onde o velho Antoni de Sempere e seu filho continuavam trabalhando, na rua de Santa Ana, ao lado da igreja. Cervantes gostava de passar o tempo entre livros e páginas em montagem, conversando com seu amigo impressor e evitando falar das lembranças que ambos mantinham vivas na memória.

Uma noite, quando já era hora de fechar a gráfica até o dia seguinte, Sempere mandou o filho para casa e trancou as portas. O impressor parecia muito preocupado, e Cervantes sabia que alguma coisa estava rondando a cabeça do seu bom amigo havia alguns dias.

— Outro dia apareceu por aqui um cavalheiro perguntando por você — começou Sempere. — Cabelo branco, muito alto, com uns olhos...

— ... de lobo — completou Cervantes.

Sempere confirmou.

— Isso mesmo. Disse que era um velho amigo seu e que gostaria de vê-lo, se você passasse pela cidade... Não sei dizer por quê, mas quando ele saiu senti uma grande angústia e pensei logo que se tratava da pessoa que você mencionou a mim e ao bom Sancho naquela adega ao lado da basílica de Santa María del Mar numa noite infausta. Não preciso nem dizer que ele tinha um anjinho na lapela.

— Achei que você tinha esquecido essa história, Sempere.

— Eu não esqueço o que imprimo.

— Não pensou em guardar uma cópia, espero.

Sempere deu um sorriso morno. Cervantes suspirou.

— Quanto Corelli lhe ofereceu pelo seu exemplar?

— O suficiente para me aposentar e passar o meu negócio para os filhos de Sebastián de Comella, fazendo dessa maneira uma boa ação.

— E você vendeu?

À guisa de resposta, Sempere se virou e foi para um canto da gráfica, onde se ajoelhou e, levantando umas tábuas do assoalho, recuperou um objeto embrulhado nuns panos que pôs sobre a mesa, diante de Cervantes.

O escritor estudou aquele volume por alguns segundos e, com a anuência de Sempere, abriu os panos exibindo o único exemplar existente de *Um poeta nos infernos*.

— Posso levar?

— É seu — respondeu Sempere. — Por autoria e por recibo de pagamento da edição.

Cervantes abriu o livro e passou os olhos pelas primeiras linhas.

— Um poeta é a única criatura que recupera a visão com o passar dos anos — disse.

— Vai procurá-lo?

Cervantes sorriu.

— E eu tenho escolha?

Dois ou três dias depois, Cervantes saiu para dar um longo passeio pela cidade, como fazia todas as manhãs, embora Sancho lhe houvesse advertido que, segundo os pescadores, havia perigo de tempestade no mar. A chuva começou a cair com força ao meio-dia, e o céu cobriu-se de nuvens negras que latejavam com o fulgor dos relâmpagos e o estrondo dos trovões que pareciam golpear as paredes e ameaçavam arrasar a cidade. Cervantes entrou na catedral para se proteger do temporal. O templo estava deserto, e o escritor foi sentar-se em um dos bancos de uma capela lateral banhada pela cor morna de centenas de velas que ardiam na penumbra. Não se surpreendeu ao ver, sentado ao seu lado, Andreas Corelli com a vista fixa no Cristo suspenso sobre o altar.

— Os anos não passam para vosmecê — disse Cervantes.

— Nem para o seu engenho, querido amigo.

— Mas talvez sim para a minha memória, porque acho que esqueci em que momento você e eu fomos amigos...

Corelli encolheu os ombros.

— Aí está ele, crucificado para expiar os pecados dos homens, sem rancor, e você não é capaz de perdoar este pobre diabo... — Cervantes olhou-o com severidade. — Não me diga que agora a blasfêmia o ofende.

— A blasfêmia só ofende a quem a profere para escárnio dos outros.

— Não tive a intenção de tratá-lo com escárnio, amigo Cervantes.

— Qual é então sua intenção, *signore* Corelli?

— Pedir-lhe perdão?

Um longo silêncio se instalou entre os dois.

— O perdão não se pede com palavras.

— Eu sei. E não são palavras que eu ofereço.

— Não se ofenda se eu lhe disser que meu entusiasmo diminui ao ouvir a palavra "oferta" em seus lábios.

— Por que iria me ofender?

— Talvez vossa excelência tenha enlouquecido após ler missais em demasia e começou a pensar que vosmecê cavalga por este vale de trevas para desfazer o dano que o nosso salvador aqui fez a todos ao abandonar o navio à deriva.

Corelli se benzeu e sorriu, mostrando seus dentes afiados e caninos.

— Amém — sentenciou.

Cervantes se levantou e, fazendo uma reverência, se despediu.

— Sua companhia é grata, estimado *arcanjo*, mas nas circunstâncias presentes prefiro a de raios e trovões, para desfrutar sossegado a tempestade.

Corelli suspirou.

— Escute antes a minha oferta.

Cervantes se encaminhou lentamente para a saída. O portão da catedral foi se fechando pouco a pouco à sua frente.

— Já vi este truque antes.

Corelli o esperava na penumbra do limiar, imerso nas sombras. Só os seus olhos, acesos com o reflexo das velas, eram visíveis.

— Uma vez você perdeu o que mais queria, ou achava que queria, em troca da possibilidade de criar uma obra-prima.

— Não tive escolha. Você mentiu.

— A escolha sempre esteve nas suas mãos, meu amigo. E você sabe disso.

— Abra a porta.

— A porta está aberta. Pode sair quando quiser.

Cervantes estendeu o braço e empurrou o portão. O vento e a chuva cuspiram em seu rosto. Parou um instante antes de sair, e a voz de Corelli, na escuridão, sussurrou em seu ouvido:

— Senti a sua falta, Cervantes. Minha oferta é simples: empunhe de novo a pena que abandonou e reabra as páginas que nunca deveria ter largado. Ressuscite a sua obra imortal e arremate as andanças de Quixote e seu fiel escudeiro, dando prazer e consolo a este pobre leitor que ficou órfão do seu engenho e da sua inventividade.

— A história está terminada, o fidalgo está enterrado e minha voz, esgotada.

— Faça isso por mim, e lhe devolvo a companhia do que mais quis na vida.

Cervantes observou, às portas da catedral, a tempestade espectral cavalgando sobre a cidade.

— Promete?

— Juro. Na presença do meu Pai e Senhor.

— Qual é o truque desta vez?

— Desta vez sem truque. Desta vez lhe entregarei, em troca da beleza da sua criação, aquilo que mais deseja.

E então, sem mais comentários, o velho romancista partiu debaixo da tempestade rumo ao seu destino.

BARCELONA, 1616

Naquela última noite sob as estrelas de Barcelona, o velho Sempere e Andreas Corelli acompanharam o cortejo fúnebre pelas ruas estreitas da cidade rumo ao cemitério particular da família Sempere, onde muitos anos antes três amigos com um segredo inconfessável haviam sepultado os restos mortais de Francesca di Parma. A carruagem avançava em silêncio sob a luz das tochas, enquanto as pessoas se afastavam para os lados. Percorreu o emaranhado de passagens e pracinhas que davam acesso ao pequeno campo-santo cercado por uma grade de lanças afiadas. Chegando à porta do cemitério, a carruagem parou. Os dois cavaleiros que a escoltavam se apearam e, com a ajuda do cocheiro, baixaram o caixão, que não tinha qualquer inscrição ou marca. Sempere abriu as portas do cemitério e os fez entrar. Levaram o caixão até a tumba, que já estava à espera, aberta sob a lua, e o puseram no chão. Vendo um sinal de Corelli, os empregados se retiraram para a porta do cemitério e deixaram Sempere em companhia do editor. Ouviram-se então passos ao lado da grade e, quando se virou, Sempere reconheceu o velho Sancho, que fora se despedir do amigo. Corelli fez um gesto com a cabeça e a escolta deixou-o passar. Quando estavam os três diante do caixão, Sancho se ajoelhou e beijou a tampa.

— Gostaria de dizer umas palavras — murmurou.

— Pois diga — ofereceu Corelli.

— Deus tenha em sua infinita glória um grande homem e amigo ainda melhor. E se, tendo em vista os aqui presentes, Deus delega deveres em hierarquias de nível questionável, que sejam a honra e a estima dos amigos que o acompanhem nesta sua última viagem ao paraíso, e que sua alma imortal não se extravie em rotas de enxofre e de chamas graças às artimanhas de algum anjo demitido, pois sabe o Céu que se assim for eu mesmo me apetrecharei de armadura e lança e virei resgatá-lo, por mais ameaças e tramoias que a malícia do guardião do inferno puser em meu caminho.

Corelli olhou para ele com frieza. Sancho, embora morto de medo, sustentou seu olhar.

— Mais alguma coisa? — perguntou Corelli.

Sancho negou com a cabeça, juntando as duas mãos para ocultar seu tremor. Sempere ergueu os olhos inquisitivamente em direção a Corelli. O editor caminhou até o caixão e, para surpresa e alarme de todos, abriu-o.

O cadáver de Cervantes jazia em seu interior, envergando um hábito franciscano e com o rosto descoberto. Estava de olhos abertos e com uma das mãos sobre o peito. Corelli ergueu a mão de Cervantes e pôs embaixo dela o livro que levara consigo.

— Meu amigo, eu lhe devolvo estas páginas, a sublime e final terceira parte da maior das fábulas que você houve por bem escrever para este humilde leitor, que sabe perfeitamente que os homens jamais serão merecedores de tanta beleza. Por isso a enterramos ao seu lado para que você a leve ao encontro de quem o esteve esperando durante todos estes anos e com quem você, sabendo ou não, sempre desejou reatar. Cumpre-se assim o seu desejo máximo, o seu destino e a recompensa final.

Após essas palavras, Corelli fechou o caixão.

— Aqui jazem Francesca di Parma, uma alma pura, e Miguel de Cervantes, luz entre os poetas, mendigo entre os homens e príncipe do Parnaso. Descansarão em paz entre livros e palavras sem que jamais o seu repouso eterno seja perturbado nem conhecido pelo resto dos mortais. Que este lugar seja um segredo, um mistério cuja origem e fim ninguém conheça. E que viva nele para sempre o espírito do maior contador de histórias que já passou por este mundo.

Anos mais tarde, em seu leito de morte, o velho Sempere contaria que naquele instante teve a impressão de que Andreas Corelli soltava uma lágrima e que esta se transformava em pedra ao bater na tumba de Cervantes. Nesse momento ele soube que ia começar a construir um santuário sobre aquela rocha, um cemitério de ideias e invenções, de palavras e prodígios que cresceria sobre as cinzas do príncipe do Parnaso e que algum dia abrigaria a maior das bibliotecas, aquela onde toda e qualquer obra perseguida ou desprezada pela ignorância e a malícia dos homens iria parar, à espera de voltar a encontrar o leitor que todo livro tem dentro de si.

— Amigo Cervantes — disse ao despedir-se. — Bem-vindo ao Cemitério dos Livros Esquecidos.

Este relato é um simples entretenimento que brinca com alguns dos elementos menos conhecidos e documentados da vida do grande escritor, concretamente sua viagem à Itália na juventude e sua estadia ou estadias na cidade de Barcelona, a única a que se refere repetidamente em sua obra.

Ao contrário do seu admirado contemporâneo Lope de Vega, que teve um grande sucesso desde os seus primeiros anos, a pena de Cervantes foi tardia e desprovida de recompensas e reconhecimentos. Os últimos anos da vida de Miguel de Cervantes Saavedra foram os mais férteis de sua acidentada carreira literária. Depois da publicação da primeira parte de Dom Quixote de La Mancha *em 1605, talvez a obra mais famosa da história da literatura e precursora do romance moderno, um período de relativa calma e reconhecimento lhe permitiu publicar, em 1613, as* Novelas exemplares *e, no ano seguinte,* Viagem de Parnaso.

Em 1615 saiu a segunda parte de Dom Quixote. *Miguel de Cervantes morreu no ano seguinte, em Madri, e foi enterrado, pelo menos é o que se pensou durante anos, no convento das Trinitárias Descalças.*

Não há registro de que Cervantes tenha escrito uma terceira parte da sua mais genial criação.

Atualmente não se tem certeza de onde estão realmente os seus restos mortais.

LENDA DE NATAL

Houve um tempo em que, ao anoitecer, as ruas de Barcelona se tingiam de luz a gás e a cidade amanhecia rodeada por um bosque de chaminés que envenenava o céu de escarlate. Barcelona se assemelhava na época a uma escarpa de basílicas e palácios entrelaçados num labirinto de becos e túneis presos em uma bruma perpétua da qual sobressaía uma grande torre de ângulos catedralescos, agulha gótica, de gárgulas e rosetas em cujo último andar residia o homem mais rico da cidade, o advogado Eveli Escrutx.

Todas as noites, podia-se ver sua silhueta perfilada atrás das lâminas douradas da cobertura, observando a cidade aos seus pés como uma sentinela sombria. Escrutx fizera fortuna ainda muito jovem, defendendo os interesses de assassinos de colarinho branco, financistas que voltaram ricos da América e industriais da nova civilização do vapor e dos teares. Dizia-se que as cem famílias mais poderosas de Barcelona lhe pagavam uma anuidade exorbitante para contar com seus conselhos, e que estadistas e chefetes com aspiração a imperador de todo tipo faziam procissão para serem recebidos em seu escritório no alto da torre. Dizia-se que ele não dormia, que passava as noites em claro, na janela, observando Barcelona, e que não saía daquela torre desde o falecimento da esposa, trinta e três anos antes. Dizia-se que sua alma, apunhalada por essa perda, continuava ferida e que odiava tudo e todos, que era movido exclusivamente pelo desejo de ver o mundo se consumir em sua própria avareza e mesquinharia.

Escrutx não tinha amigos nem confidentes. Morava no alto da torre em companhia apenas de Candela, uma criada cega que as más línguas insinuavam que era meio bruxa e vagava pelas ruas do Raval oferecendo doces a crianças pobres que depois disso nunca mais eram vistas. A única paixão conhecida do advogado, além da criada e de suas artes secretas, era o xadrez. Todo ano, na véspera do Natal, o advogado Escrutx convidava um barcelonês para jantar na sua cobertura e lhe oferecia uma refeição deliciosa, regada com vinhos de outro mundo. À meia-noite em ponto, quando soavam as badaladas na catedral, Escrutx servia duas taças de absinto e desafiava o seu convidado para uma partida de xadrez. Se o adversário vencesse, o advogado se comprometia a lhe passar toda a sua fortuna e suas propriedades. Mas, se perdesse, o convidado teria que assinar um contrato pelo qual o advogado passava a ser o único proprietário e executor da sua alma imortal. Isso, todo Natal.

Candela percorria as ruas de Barcelona na carruagem preta do advogado em busca de um jogador. Mendigo ou banqueiro, assassino ou poeta, dava no mesmo. A partida se prolongava até o amanhecer do dia 25. Quando o sol de sangue se recortava na aurora sobre os telhados nevados do bairro gótico, o oponente entendia invariavelmente que tinha perdido o desafio. Voltava para as ruas frias com a roupa do corpo, enquanto o advogado escrevia o nome do perdedor num frasco de vidro cor de esmeralda e o colocava em uma vitrine que já continha dezenas de frascos idênticos.

Contam que, naquele Natal, o último da sua longa vida, o advogado Escrutx mais uma vez mandou sua Candela de olhos brancos e lábios negros para as ruas em busca de uma nova vítima. Uma tempestade de neve se abatia sobre Barcelona, as cornijas e os terraços ficaram niquelados de gelo. Bandos de morcegos adejavam entre os torreões da catedral, e uma lua de cobre candente se derramava sobre os becos. Os corcéis pretos que puxavam a carruagem pararam de repente ao pé da rua do Bispo, com bafejos atemorizados de geada. Uma silhueta emergiu das trevas, fundida ao branco da neve com seu longo véu de noiva, trazendo um buquê de rosas vermelhas na mão. Candela ficou embriagada com seu perfume e convidou-a para subir na carruagem. Quis apalpar seu rosto, mas só encontrou gelo e lábios úmidos de fel. Levou-a para a torre, que se erguia nessa época sobre as ruínas de um antigo cemitério, ao lado da rua Aviñón.

Contam que, quando a viu, o advogado Escrutx emudeceu e ordenou a Candela que se retirasse. A convidada daquele último Natal retirou o véu, e o advogado Escrutx, alma velha de olhar enceguecido de amargura, julgou estar reconhecendo o rosto da sua esposa perdida. Estava reluzente, cor de porcelana e carmim, e quando Escrutx perguntou seu nome, ela se limitou a sorrir. Pouco depois, ouviram-se os sinos de meia-noite, e começou a partida. Mais tarde diriam que o advogado já estava cansado, que a deixou vencer e que foi Candela, enlouquecida de ciúme, quem iniciou o fogo que iria consumir a torre e levar a aurora, em plena madrugada, aos céus purpúreos de Barcelona. Umas crianças que estavam em volta de uma fogueira na praça de San Jaime juraram ter visto, pouco antes de saírem labaredas pelas janelas da torre, o advogado Escrutx aparecer na balaustrada coroada de anjos de alabastro e abrir ao vento os frascos cor de esmeralda, soltando plumas de vapor que se desvaneceram em forma de lágrimas sobre os terraços de toda Barcelona. Serpentes de fogo se enlaçaram no topo da torre, e viu-se pela última vez a silhueta do advogado Escrutx, pulando do alto abraçado a uma noiva de fogo, seus corpos se desfazendo em cinzas que o vento levou antes de chegarem às pedras do chão. A torre caiu ao amanhecer, como um esqueleto de sombras dobrando-se sobre si mesmo.

Conclui a lenda que, poucos dias depois da queda da torre, uma conspiração de silêncio e esquecimento apagou para sempre da crônica da cidade o nome do advogado Escrutx. Os poetas e as gentes de espírito puro afirmam que, ainda hoje, erguendo a vista para o céu na véspera de Natal, pode-se divisar a silhueta fantasmagórica da torre em chamas contra o céu de meia-noite e ver o advogado Escrutx, cego pelas lágrimas e pelo arrependimento, abrindo o primeiro dos frascos cor de esmeralda da sua coleção, aquele que tinha o seu nome. Mas não falta quem afirme que foram muitos os que se dirigiram às ruínas da torre naquele amanhecer maldito para apanhar um pedaço fumegante, e que ainda hoje se ouvem os cascos da carruagem de Candela nas sombras do Raval, sempre nas trevas, em busca do próximo candidato.

ALICIA, AO AMANHECER

A casa onde a vi pela última vez não existe mais. Em seu lugar se ergue agora um desses edifícios que atraem o olhar e pavimentam o céu com sombras. Mas toda vez que passo por lá, ainda hoje, me lembro daqueles dias malditos do Natal de 1938, quando a rua Muntaner traçava um declive de bondes e casarões palacianos. Na época eu só tinha treze anos e alguns centavos por semana, que ganhava como menino de recados numa loja de empenhos na rua Elisabets. O proprietário, Don Odón Llofriu, cento e quinze quilos de mesquinharia e desconfiança, presidia o seu bazar de quinquilharias reclamando até do ar que aquele órfão de merda, um dos milhares cuspidos pela guerra, respirava. Aquele ao qual ele nunca chamava pelo nome.

— Que diacho, guri, apaga logo essa lâmpada que não é hora de ficar gastando à toa. Faz teu serviço com uma vela, que estimula a retina.

Assim transcorriam os nossos dias, entre notícias turvas da Frente Nacional avançando em direção a Barcelona, boatos de tiroteios e assassinatos nas ruas do Raval e as sirenes alertando para os bombardeios aéreos. Foi num daqueles dias de dezembro de 1938, com as ruas salpicadas de neve e cinzas, que a vi.

Ela estava vestida de branco e sua figura parecia ter-se materializado no meio da bruma que varria as ruas. Entrou na loja e parou no retângulo etéreo de claridade que vinha da vitrine, serrando a penumbra. Tinha nas mãos um pedaço de veludo preto, que desdobrou sobre o balcão sem dizer uma palavra. Uma guirlanda de pérolas e safiras reluziu na sombra. Don Odón posicionou a lupa e examinou a peça. Eu acompanhava a cena por uma fresta entreaberta na porta dos fundos.

— A peça não é ruim, mas os tempos não estão propícios para grandes despesas, senhorita. Eu lhe dou duzentas e cinquenta pesetas, e perco dinheiro, mas é noite de Natal e afinal não sou de pedra.

A garota voltou a dobrar o veludo e, sem pestanejar, encaminhou-se para a saída.

— Guri! — bradou Don Odón. — Siga essa menina.

— Aquele colar custa no mínimo cinco mil pesetas — comentei.

— Dez mil — corrigiu Don Odón. — Por isso não vamos deixar escapar. Ande atrás dela até a porta de casa, para garantir que não vão lhe dar uma bordoada no caminho e passar a mão no colar. Ela vai voltar, como todos voltam.

As pegadas da moça já se fundiam no manto branco quando saí para a rua. Segui-a pelo labirinto de ruelas e edifícios estripados pelas bombas e pela miséria, até emergir na praça do Peso de la Paja, onde ainda deu tempo de vê-la entrar num bonde que já estava partindo rua Muntaner acima. Saí correndo e pulei no estribo traseiro.

E assim subimos a rua, abrindo sulcos pretos no lençol que a nevasca estendia, enquanto a tarde começava a cair e o céu se tingia de sangue. Quando chegamos à esquina da Travesera de

Gracia, meus ossos doíam de frio. Já estava a ponto de abandonar aquela missão inventando alguma mentira para satisfazer Don Odón, quando a vi descer do bonde e se dirigir para a entrada de um grande casarão. Pulei do estribo e fui me esconder rapidamente na esquina. A garota se esgueirou pela grade do jardim. Eu fui até lá e a vi entrando pelo arvoredo que rodeava a casa. Ao pé da escada, parou e deu meia-volta. Eu quis sair correndo, mas o vento gelado já tinha roubado a minha vontade. A garota me olhou com um leve sorriso nos lábios e fez um gesto com a mão. Percebi que tinha me tomado por um mendigo.

— Venha — disse.

Já estava anoitecendo quando a segui através do casarão em sombras. Um halo tênue lambia os contornos. Livros caídos no chão e cortinas puídas pontuavam um panorama de móveis quebrados, quadros esfaqueados e manchas escuras que se espalhavam pelas paredes como impactos de bala. Chegamos a um grande salão que continha um mausoléu de fotografias antigas com fedor de ausência. A garota se ajoelhou em um canto ao lado da lareira e acendeu o fogo com folhas de jornal e os restos de uma cadeira. Eu me aproximei das chamas e aceitei a tigela de vinho morno que ela me ofereceu. A garota se ajoelhou ao meu lado, com o olhar perdido no fogo. Disse que se chamava Alicia. Tinha uma pele de dezessete anos, mas era traída por aquele olhar grave e sem fundo, de quem já não tem mais idade, e nada respondeu quando eu quis saber se aquelas fotografias eram da sua família.

Perguntei a mim mesmo quanto tempo havia que ela estava morando lá, sozinha, escondida naquele casarão com um vestido branco que se desfazia nas costuras, vendendo joias por pouco para sobreviver. A garota tinha deixado o veludo preto numa prateleira sobre a lareira. Toda vez que ela se inclinava para atiçar o fogo, meu olhar escapulia para lá e eu imaginava o colar ali dentro. Horas depois, ouvimos as badaladas da meia-noite abraçados junto ao fogo, em silêncio, e pensei que minha mãe me abraçaria assim se eu me lembrasse dela. Quando as chamas começaram a fraquejar, eu quis jogar um livro nas brasas, mas Alicia o arrebatou das minhas mãos e começou a ler suas páginas em voz alta até que o sono nos venceu.

Saí de lá pouco antes da aurora, desprendendo-me dos seus braços e correndo até a grade, na escuridão, com o colar nas mãos e o coração batendo com raiva. Passei as primeiras horas daquele dia de Natal com dez mil pesetas de pérolas e safiras no bolso, amaldiçoando aquelas ruas inundadas de neve e de fúria, amaldiçoando as pessoas que tinham me abandonado entre as labaredas, até que um sol mortiço trespassou as nuvens com uma lança de luz e eu repeti meus passos até o casarão, arrastando aquele colar que a essa altura já pesava como uma laje e me sufocava, só desejando encontrá-la ainda dormindo, dormindo para sempre, para devolver o colar à prateleira acima da lareira e depois fugir, para nunca mais ter que me lembrar do seu olhar e da sua voz morna, o único tato puro que eu havia conhecido.

A porta estava aberta e uma luz perolada gotejava das fendas do teto. Encontrei-a estendida no chão, ainda com o livro nas mãos, os lábios envenenados de geada, o olhar aberto sobre um rosto branco de gelo, uma lágrima vermelha presa na bochecha e o vento que entrava por uma janela aberta de par em par e a enterrava em pó de neve. Deixei o colar sobre seu peito e fugi em direção à rua, para me confundir com os muros da cidade e me esconder em seus silêncios, evitando o meu próprio reflexo nas vitrines por medo de me deparar com um estranho.

Pouco depois, silenciando os sinos de Natal, ouviram-se de novo as sirenes e um enxame de anjos negros se espalhou pelo céu escarlate de Barcelona, despejando colunas de bombas que nunca se veriam tocar no chão.

HOMENS CINZENTOS

Ele nunca me dizia seu nome e eu nunca quis perguntar. Estava me esperando, como sempre, naquele velho banco do parque do Retiro encalhado numa fileira de tílias nuas de inverno e de chuva. Óculos escuros vedavam o poço sem fundo do seu olhar. Sorria. Eu me sentei na outra ponta do banco. Quando o mensageiro me entregou o envelope, guardei-o sem abrir.

— Não vai contar?

Neguei com a cabeça.

— Deveria. Desta vez a tarifa é tripla. Mais ajuda de custo e despesas de transporte.

— Onde?

— Barcelona.

— Eu não trabalho em Barcelona. Vocês já sabem. Deem o serviço a Sanabria.

— Já fizemos isso. Surgiu um problema.

Peguei o envelope com o dinheiro e quis devolver.

— Eu não trabalho em Barcelona. Vocês sabem disso muito bem.

— Não vai perguntar quem é o cliente? — Seu sorriso derramava veneno. — Está tudo no envelope. Há uma passagem em seu nome para o trem desta noite no guarda-volumes da estação Atocha. O senhor ministro me pediu que lhe transmita seu mais sincero agradecimento pessoal. Ele nunca esquece um favor.

O mensageiro de óculos escuros se levantou e, com um leve cumprimento, já ia partir debaixo da chuva. Fazia três anos que nós nos encontrávamos naquele mesmo recanto do parque, sempre ao amanhecer, e nunca tínhamos trocado uma palavra além do estritamente necessário. Observei-o colocando as luvas de couro preto. Suas mãos se abriam como aranhas. Ele notou o meu olhar atento e parou.

— Algum problema?

— Uma simples curiosidade. O que diz aos seus amigos quando lhe perguntam em que trabalha?

Quando sorriu, seu semblante cadavérico se fundiu com o sudário da capa.

— Limpeza. Digo a eles que trabalho em serviços de limpeza.

Assenti com a cabeça.

— E você? — perguntou. — O que diz?

— Eu não tenho amigos.

Lascas de névoa gelada reptavam pela abóbada da estação Atocha quando, naquele 9 de janeiro de 1942, entrei na plataforma deserta para tomar o expresso de meia-noite rumo a Barcelona. A gratidão do senhor ministro me havia granjeado uma passagem de primeira classe e a privacidade aveludada de uma cabine só para mim. Mesmo naqueles dias turvos, a última coisa que se perdia era a cortesia entre profissionais. O trem se deslocou cuspindo esteiras de vapor nas trevas e logo depois a cidade se desvaneceu num sopro de luzes mornas e terras baldias. Só então abri o envelope e tirei as folhas dobradas com esmero e datilografadas com tinta azul em espaço duplo. Fiquei surpreso quando vi que o envelope não continha nenhuma fotografia. Especulei se não teriam dado a Sanabria o único retrato do cliente. Mas me bastou ler algumas linhas do relatório para entender que daquela vez não haveria retrato.

Apaguei a luz da cabine e me entreguei a uma noite sem sono até que a alvorada ensanguentou de escarlate o horizonte e a silhueta de Montjuïc se perfilou ao longe. Três anos antes eu tinha jurado que nunca mais voltaria a Barcelona. Tinha fugido da minha cidade com a alma envenenada. Um bosque de fábricas fantasmais e névoas de enxofre nos envolveu e, pouco depois, a cidade nos engoliu num túnel que cheirava a fuligem e maldição. Abri a maleta e comecei a carregar meu revólver com as balas que Sanabria me ensinara a usar durante os anos em que fui seu aprendiz nas ruas do Raval. Projéteis de nove milímetros, de ponta oca para se abrirem em fauces de metal candente com o impacto e cavarem feridas de saída do tamanho de um punho. Quando desci do trem e me vi na catedral de ferro da Estação de Francia, fui recebido por um vento frio e úmido. Tinha esquecido que a cidade ainda fedia a pólvora. Caminhei rumo à Via Layetana sob uma cortina de neve em pó que flutuava nas trevas aquosas do amanhecer. Os bondes abriam suas trilhas no manto branco, e as gentes, cinzentas e sem rosto, perambulavam sob um hálito de luzes tremeluzentes que salpicavam as ruas de um tom violáceo. Ao atravessar a praça Palácio, entrei na retícula de vielas que circundam a basílica de Santa María del Mar. Boa parte das ruínas dos bombardeios aéreos continuava intacta. As entranhas de edifícios desventrados pelas bombas — expondo salas, dormitórios e banheiros desertos — erguiam-se ao lado de sobrados cheios de entulho que serviam de refúgio para traficantes de carvão e rostos esfarrapados cujo olhar nunca se levantava do solo.

Chegando ao pé da rua Platería, parei para olhar o esqueleto do edifício em que fui criado. Só se salvaram a fachada, marcada a fogo, e os muros adjacentes. Ainda se viam as cicatrizes das bombas incendiárias que perfuraram os pisos e derramaram um tornado de chamas pelos vãos da escada e da claraboia. Fui até o portão e me lembrei do nome da primeira garota que beijei, numa noite do verão de 1913, sob aquele dintel. Ela se chamava Merche e morava, com uma mãe cega que jamais gostou de mim, no terceiro andar, número um. Nunca se casou. Mais tarde me contaram que, depois de uma das explosões, viram-na ser projetada pela varanda, nua e envolta em chamas, com seu corpo trespassado por mil lascas de vidro candente. O som de passos às minhas costas me devolveu ao presente. Quando me virei, descobri uma figura cinzenta que parecia uma réplica do mensageiro de óculos escuros. Quase não se conseguia mais diferenciar uns dos outros. O olhar e o hálito de todos eles tinham o mesmo fedor de carniça.

— Você, carteira de identidade — resmungou, triunfal.

Senti o roçar de alguns olhares e o passo acelerado de umas silhuetas esquálidas. Observei o agente da Brigada Social. Calculei que devia ter uns quarenta e poucos, setenta quilos de peso e uma certa carga nos ombros. O cachecol preto deixava entrever alguns centímetros do pescoço. Um corte rápido, com a lâmina curta, podia fatiar sua traqueia e a jugular em menos de um segundo, fazendo-o desabar, sem voz e com a vida escorrendo entre os dedos, no manto de neve suja aos seus pés. Homens como ele tinham família, e eu, coisas a fazer. Entreguei-lhe então um sorriso morno e o documento carimbado pelo ministério. Sua arrogância se apagou com um sopro, e ele devolveu o documento com as mãos trêmulas.

— Peço que me desculpe, senhor. Não sabia...

— Fora daqui.

O agente fez que sim com a cabeça várias vezes e desapareceu, apressado, na primeira esquina que encontrou. Os sinos de Santa María badalavam às minhas costas quando continuei andando debaixo da neve até a rua Fernando, para tornar-me outro homem cinzento em meio à maré de homens cinzentos que começavam a inundar aquela manhã de inverno. Um deles, vinte metros às minhas costas, vinha me seguindo disfarçadamente desde a Estação de Francia, provavelmente convencido de que eu não tinha notado sua presença. Mas me perdi naquele confortável anonimato cinzento onde os assassinos, profissionais ou simples amadores, se vestiam de contabilistas e escreventes, e atravessei as Ramblas em direção ao hotel Oriente. Um porteiro uniformizado e diplomado em ler olhares me abriu a porta com uma reverência. O hotel mantinha o seu ar de navio afundado. O recepcionista de plantão me reconheceu imediatamente e brandiu uma tentativa de sorriso. O eco de um piano desafinado se derramava pelas portas de vidro entreabertas do salão de refeições.

— O senhor deseja o quarto 406?

— Se estiver disponível.

Assinei a ficha enquanto o recepcionista indicava a um rapaz que pegasse a minha maleta e me levasse até o quarto.

— Eu conheço o caminho, obrigado.

Vendo o olhar cortante do recepcionista, o rapaz bateu em retirada.

— Se houver algo que possamos fazer para que sua permanência em Barcelona seja mais prazerosa, basta dizer.

— O de sempre — respondi.

— Sim, senhor. Não se preocupe.

Já estava me dirigindo para o elevador, mas parei. O recepcionista continuava em seu posto, com seu sorriso petrificado.

— O senhor Sanabria está hospedado no hotel?

Seu rosto só registrou uma piscada, mas foi o suficiente.

— Faz algum tempo que o senhor Sanabria não nos proporciona o prazer de sua visita.

A acomodação 406 dava para o passeio da Rambla, elevado num quarto andar com uma vista celestial para o espectro da cidade desaparecida dos anos anteriores à guerra que eu estava condenado a lembrar. Minha sombra ficou esperando embaixo, à espreita sob a marquise de uma banca. Fechei as persianas até deixar o quarto mergulhado numa penumbra perolada e me deitei na cama. Os sons da cidade reptavam atrás das paredes. Tirei o revólver da maleta, cruzei as mãos sobre o peito e, com o dedo no gatilho, fechei os olhos. Caí num sonho pantanoso, hostil. Horas ou minutos depois fui acordado por uns lábios úmidos roçando as minhas pálpebras. O corpo morno de Candela estava deitado na cama, seus dedos vaporosos já tirando a roupa, sua pele de açúcar branco acesa pelo relume dos postes noturnos.

— Quanto tempo — murmurou, tirando o revólver das minhas mãos e deixando-o sobre a mesinha. — Se você quiser, posso ficar a noite toda.

— Tenho que trabalhar.

— Mas também tem que ter um tempinho para a sua Candela.

Três anos de ausência não tinham apagado das minhas mãos a memória do corpo de Candela. Os novos tempos e a recuperação dos hotéis de categoria tinham lhe caído bem. Seu peito cheirava a perfume caro, e em suas coxas pálidas, enfiadas naquelas meias de seda que mandava trazer de Paris, li uma nova firmeza. Paciente e traquejada, Candela se entregou a mim até que saciei minha sede da sua pele e caí para um lado. Ouvi que entrava no banheiro e deixava a água correr. Eu me levantei e peguei o envelope de dinheiro que tinha na maleta. Tripliquei sua tarifa habitual e deixei as notas dobradas em cima da cômoda. Fui me deitar na cama e de lá observei Candela ir até a janela e abrir os postigos. A neve que caía atrás dos vidros desenhava pontos de sombra em sua pele nua.

— O que está fazendo?

— Gosto de olhar para você.

— Não vai me perguntar onde ele está?

— E por acaso você vai me dizer?

Ela se virou e foi se sentar na ponta da cama.

— Não sei onde ele está. Não o vi. É verdade.

Eu me limitei a assentir com a cabeça. Candela pousou os olhos no dinheiro sobre a cômoda.

— As coisas estão indo bem — comentou.

— Não posso me queixar.

Comecei a me vestir.

— Já tem que ir embora?

Não respondi.

— Aqui tem dinheiro de sobra para a noite toda. Se quiser, eu espero.

— Vou demorar, Candela.

— Não estou com pressa.

Conheci Roberto Sanabria numa noite de 1913. A cidade se consumia num agosto de vapor e de raiva. Naquela madrugada, ouviram-se tiros no bairro, como quase todas as noites. Eu tinha descido até o passeio do Borne para buscar água na bica pública. Quando ouvi os tiros, corri para me esconder num portão da rua Moncada. Sanabria jazia numa poça escura, um manto viscoso que se espalhava aos meus pés, na entrada daquela greta estreita em meio a prédios velhos que alguns ainda chamam de rua das Moscas. Um revólver fumegante estava em suas mãos. Quando me aproximei, ele me sorriu com os lábios que transpiravam sangue.

— Calma, garoto, que tenho mais vidas que um gato.

Eu o ajudei a se levantar e, escorando o seu alentado peso, levei-o até um portão na rua de Baños Viejos, onde uma matrona de aspecto fúnebre e pele escamosa nos atendeu. Sanabria tinha levado duas balas no abdômen e perdido tanto sangue que sua pele parecia ser feita de cera, mas não parou de sorrir enquanto um medicastro que fedia a moscatel limpava as feridas com vinagre e álcool.

— Devo-lhe uma, rapaz — disse antes de desmaiar.

Sanabria sobreviveria àquela noite e a muitas outras noites de pólvora e ferro. Eram tempos em que os jornais de Barcelona destilavam matérias bradando que se matava nas ruas. Os sindicatos de pistoleiros de aluguel estavam em alta. A vida continuava valendo pouco, como sempre, mas a morte nunca tinha sido tão barata. Foi Sanabria que, na idade certa, me ensinou o ofício.

— A menos que queira morrer biscateiro, como seu pai.

Matar era uma necessidade, mas assassinar era uma arte, sustentava ele. Suas ferramentas preferidas eram o revólver e a faca de lâmina curta e curva que os matadores de touros usavam na arena para arrematar uma faina com um golpe seco e rápido. Sanabria me ensinou que só se atira num homem mirando o rosto ou o peito, se possível a menos de dois metros de distância. Era um profissional de princípios. Não trabalhava com mulheres nem com velhos. Como tantos outros, tinha aprendido a matar na guerra de Marrocos. Ao voltar para Barcelona, começou sua carreira nas filas dos pistoleiros da Federação Anarquista, mas descobriu logo que a associação patronal pagava melhor e o trabalho não estava contaminado de proclamações altissonantes. Ele gostava de teatro vaudevile e de putas, preferências que me inculcou com rigor paternal e um certo academicismo.

— Não há nada mais garantido no mundo que uma boa comédia ou uma boa puta. Nunca falte ao respeito nem se sinta superior a elas.

Foi Sanabria quem me apresentou a uma Candela de dezessete anos que, com o mundo na pele, estava destinada a trabalhar nos bons hotéis e nos gabinetes da Câmara de Deputados.

— Nunca se apaixone por algo que não tem preço — aconselhou Sanabria.

Em certa ocasião, perguntei-lhe quantos homens tinha matado.

— Duzentos e seis — respondeu. — Mas agora virão tempos mais prósperos.

O meu mentor estava falando da guerra que já se sentia no ar como o fedor de um bueiro entupido. Pouco antes do verão de 1936, Sanabria me disse que os tempos iam mudar e que em breve nós teríamos que deixar Barcelona, porque a cidade estava cambaleando com uma estaca cravada no coração.

— A morte, que sempre segue o ouro, vai se mudar para Madri — sentenciou. — E nós vamos com ela. É uma questão de tempo.

A verdadeira bonança começou no fim da guerra. Os corredores do poder se contorciam em novas teias de aranha e, como o meu mestre tinha previsto, um milhão de mortos estava apenas começando a saciar a sede de ódio que apodrecia as ruas. Antigos contatos na associação patronal de Barcelona nos abriram portas importantes.

— Foi-se o tempo de matar desgraçados em mictórios públicos por dez tostões — anunciou Sanabria. — Agora vamos começar a trabalhar com clientes de qualidade.

Foram quase dois anos de glória. Mentes laboriosas e dotadas de uma memória prodigiosa confeccionavam listas intermináveis de pessoas que não mereciam viver, de infelizes cujo hálito contaminava a alma incorruptível da nova era. Dúzias de almas trêmulas se escondiam em seus apartamentinhos miseráveis com medo da luz do dia, sem saber que já eram mortos-vivos. Sanabria me ensinou a não ouvir as súplicas, as lágrimas e os gemidos, e a estourar suas cabeças com um tiro à queima-roupa entre os olhos antes que pudessem perguntar por quê. A morte os esperava em estações de metrô, em ruas escuras e em pensões sem água nem luz. Professores ou poetas, soldados ou sábios, todos nos reconheciam à primeira vista. Alguns morriam sem medo, serenos, com o olhar claro fixado no do seu assassino. Não lembro os seus nomes nem o que fizeram em vida para merecer a morte nas minhas mãos, mas lembro os seus olhares. Em pouco tempo perdi a conta, ou quis perder. Sanabria, que estava começando a sentir o peso da idade e das cicatrizes para se manter no ofício, cedeu-me as tarefas mais importantes.

— Meus ossos já estão reclamando. A partir de agora vou me limitar a clientes de pouca monta. É preciso saber quando parar.

Eu costumava me encontrar uma vez por semana com o mensageiro de óculos escuros no mesmo banco do parque do Retiro. Sempre haveria um novo envelope e um novo cliente. Meu dinheiro se acumulava na conta bancária que abri em uma agência na rua O'Donell. A única coisa que Sanabria não me havia ensinado era o que fazer com aquelas notas lisas, perfumadas e engomadas, recém-saídas da casa da moeda.

— Isso vai acabar algum dia? — perguntei-lhe certa vez.

Foi a única ocasião em que o mensageiro tirou os óculos. Tinha olhos cinzentos como a sua alma, mortos e vazios.

— Sempre tem mais um que não se adapta ao progresso.

Continuava nevando quando saí para as Ramblas. Era apenas um gelo pulverizado, que não chegava a se condensar e se bulia na brisa desenhando fiapos de luz de tirar o fôlego. Segui andando para a rua Nueva, agora reduzida a um túnel de escuridão bordeado pelas carcaças esquecidas de salões de baile decrépitos e cenários fantasmagóricos de *music hall* que, poucos anos antes, faziam dela uma avenida de luz e burburinho até o amanhecer. As calçadas cheiravam a urina e carvão. Entrei na rua Lancaster e desci até o número 13. Duas velhas lâmpadas penduradas na fachada mal conseguiam arranhar a escuridão, mas eram suficientes para que se pudesse ver um cartaz pregado no portão de madeira estorricada que vedava a entrada.

O TEATRO DAS SOMBRAS
Volta a Barcelona, após a sua triunfal
excursão mundial, para apresentar seu novo e grandioso
espetáculo de marionetes e autômatos
com a exclusiva e enigmática revelação

da estrela do music hall *de Paris Madame Isabelle e sua perturbadora "Dança do Anjo da Meia-noite". Apresentações todas as noites, às 24h.*

Bati duas vezes com os nós dos dedos, esperei um pouco e repeti a chamada. Passou cerca de um minuto, e então ouvi passos no outro lado do portão. A folha de carvalho cedeu alguns centímetros, desvendando o rosto de uma mulher com o cabelo prateado e umas pupilas pretas que pareciam transbordar da córnea. Uma luz dourada, líquida, derramava-se lá dentro.

— Bem-vindo ao Teatro das Sombras — anunciou.

— Procuro o senhor Sanabria — disse. — Creio que está à minha espera.

— Seu amigo não está aqui, mas, se quiser entrar, a sessão já vai começar.

Segui aquela dama por um corredor estreito até uma escada que levava para o porão do edifício. Lá embaixo, uma dúzia de mesas vazias compunha a plateia. As paredes estavam vestidas de veludo negro e agulhas de luz perfuravam aquela atmosfera vaporosa. Os dois únicos fregueses definhavam no limiar da penumbra que rodeava a plateia. Completando o panorama, um balcão de bebidas tramado de espelhos foscos e um fosso para o pianista enterrado em luz de cobre. A cortina escarlate, caída, era bordada com a figura de uma marionete arlequinada. Fui me sentar a uma das mesas da plateia, em frente ao palco. Sanabria adorava espetáculos de marionetes. Costumava dizer que era o que mais lhe recordava as pessoas comuns.

— Mais que as putas.

O barman me serviu algo que imaginei ser um copo de conhaque e se afastou em silêncio. Acendi um cigarro e esperei as luzes se desvanecerem. Quando a penumbra ficou mais sólida, as dobras da cortina escarlate se moveram lentamente. A figura de um anjo exterminador pendurada em fios prateados descia até o palco, batendo as asas pretas em meio a sopros de vapor azul.

Quando abri o envelope com o dinheiro e a informação, já no trem rumo a Barcelona, e comecei a ler as páginas datilografadas, soube que daquela vez não haveria fotografia do cliente. Nem precisava. Na noite em que Sanabria e eu deixamos Barcelona para trás, o meu mestre, contendo com as mãos a hemorragia que salpicava o meu peito, me olhou fixamente nos olhos e sorriu.

— Eu lhe devia uma, e agora a devolvo. Agora estamos em paz. Um dia alguém virá me buscar. Não se faz carreira neste negócio sem acabar se sentando na cadeira do cliente. É a lei. Mas, quando chegar a minha hora, que não está longe, gostaria que fosse você.

O informe do ministério, como de costume, clamava nas entrelinhas. Sanabria tinha voltado para Barcelona três meses antes. Sua ruptura com a rede era anterior, quando deixou de executar vários contratos alegando que era um homem de princípios numa época em que estes não existam. O primeiro erro do ministério foi tentar eliminá-lo. O segundo, fatal, foi não conseguir. Do primeiro magarefe que puseram atrás dele só voltou, por correio registrado, a mão direita. Pode-se até assassinar um homem como Sanabria, mas nunca se pode ofendê-lo. Poucos dias depois de sua chegada a Barcelona, os agentes em operação da rede do ministério começaram a cair um por um. Sanabria trabalhava de noite, e tinha voltado a praticar seu golpe com a lâmina curta. Em duas semanas tinha dizimado a estrutura básica da Brigada Social na cidade de Barcelona. Em três, começou a colher seus troféus entre setores mais floridos — e visíveis — do regime. Antes que o pânico se espalhasse, Madri decidiu mandar um dos seus homens fortes negociar com Sanabria. O homem do ministério jazia agora numa lápide de mármore, no cemitério do Raval, com um novo sorriso aberto a faca em sua garganta, idêntico ao que tinha extinguido a vida do tenente-general Manuel Jiménez Salgado, estrela fulgurante do governo militar e firme candidato a uma brilhante carreira nos ministérios da capital. Foi então que me chamaram. O informe descrevia a situação como "uma crise grave". Sanabria, na terminologia ministerial, decidira atuar por conta própria e, por isso, mergulhou no submundo de Barcelona para levar a cabo uma espécie de vingança pessoal contra destacados membros da magistratura militar do regime. Essa trama, continuava o informe, devia ser "cortada pela raiz, a qualquer preço".

— Eu o esperava antes — murmurou na penumbra a voz do meu mentor. Mesmo com a idade, o velho assassino ainda era capaz de se esgueirar na sombra com a perícia felina dos seus melhores tempos. Sorriu.

— Você está com um bom aspecto — disse eu.

Sanabria encolheu os ombros e fez um gesto indicando o palco, onde um sarcófago de madeira laqueada se abria em flor, exibindo a estrela do espetáculo de autômatos, madame Isabelle e sua "Dança do Anjo da Meia-noite". Os movimentos da boneca, de escala e expressão humanas, eram hipnóticos. Isabelle, sustentada por fios de luz, dançava no palco captando no ar as notas do pianista.

— Venho aqui toda noite só para vê-la — murmurou Sanabria.

— Não vão deixar que as coisas continuem assim, Roberto. Se não for eu, serão outros.

— Eu sei. É melhor que seja você.

Observamos a dança do autômato durante alguns segundos, refugiados na estranha beleza dos seus movimentos.

— Quem manipula os fios? — perguntei.

Sanabria se limitou a sorrir.

Saímos do Teatro das Sombras pouco antes de amanhecer. Rumamos Ramblas abaixo para o cais do porto, um cemitério de mastros na neblina. Sanabria queria ver o mar pela última vez, nem que fossem apenas aquelas águas escuras de hálito fedorento que lambiam os degraus do cais. Quando um fiapo de âmbar cruzou a linha do céu, Sanabria finalmente me fez um sinal de assentimento e fomos para o quarto que ele havia alugado numa pensão de segunda no portal de Santa Madrona. Sanabria nunca se sentia mais seguro que entre as suas putas. O aposento não passava de um compartimento úmido e escuro, sem janelas, que ondulava embaixo de uma lâmpada nua. Via-se um colchão puído encostado na parede e, completando o mobiliário, duas garrafas e uns copos sujos.

— Algum dia virão atrás de você também — disse Sanabria.

Então nos entreolhamos em silêncio e, não havendo mais o que dizer, fui abraçá-lo. Tinha cheiro de homem velho e de fadiga.

— Despeça-se de Candela por mim.

Fechei a porta do quarto e saí por aquele corredor estreito, de paredes que transpiravam mofo e ruína. Alguns segundos depois o estrondo do tiro percorreu o corredor. Ouvi o cadáver cair no chão e desapareci escada abaixo. Uma das putas velhas me olhava por uma porta entreaberta no corredor do andar de baixo, com os olhos banhados em lágrimas.

Vaguei sem rumo pelas ruas malditas da cidade por algumas horas antes de voltar para o hotel. Quando cruzei o vestíbulo, o recepcionista nem levantou os olhos do livro de registro. Peguei o elevador, desci no último andar e segui pelo corredor deserto que terminava na porta do meu quarto. Não sabia se Candela ia acreditar se eu lhe dissesse que tinha deixado Sanabria escapar, que naquele momento o nosso velho amigo estava a bordo de um cruzeiro navegando para um destino seguro. Talvez, como sempre, uma mentira fosse a coisa mais parecida com a verdade. Abri a porta do quarto sem acender a luz. Candela ainda estava dormindo sobre o lençol, o primeiro sopro do amanhecer aceso em seu corpo nu. Fui me sentar na beira da cama e resvalei as pontas dos dedos pelas suas costas. Estava mais fria que uma geada. Só então entendi que aquilo que eu havia tomado como a sombra do corpo de Candela na verdade era um cravo de sangue se expandindo pela cama. Então me virei lentamente e encontrei o cano do revólver no limiar da penumbra, apontando para o meu rosto. Os óculos escuros do mensageiro brilhavam em seu rosto perolado de suor. Ele sorria.

— O senhor ministro agradece encarecidamente a sua inestimável colaboração.

— Mas não confia no meu silêncio.

— São tempos difíceis. A pátria nos exige grandes sacrifícios, meu amigo.

Cobri o corpo de Candela com o lençol iluminado de sangue.

— Você nunca me disse o seu nome — disse eu, dando-lhe as costas.

— Jorge — respondeu o mensageiro.

Eu me virei de supetão; a lâmina do punhal, um pingo de luz entre os meus dedos. O corte abriu sua barriga na altura da boca do estômago. O primeiro tiro do revólver atravessou minha mão esquerda. O segundo atingiu o capitel de um dos pilares da cama e o pulverizou numa cascata de lascas fumegantes. A essa altura, a lâmina da faca que Sanabria tanto admirava já havia aberto a garganta do mensageiro, que jazia no chão, sufocando-se no próprio sangue, enquanto suas mãos enluvadas tentavam desesperadamente manter a cabeça unida ao tronco. Peguei o revólver e o meti em sua boca.

— Eu não tenho amigos.

Peguei o trem de volta para Madri naquela mesma noite. Minha mão ainda estava sangrando; a dor, uma lasca de fogo cravada na memória. Fora isso, qualquer pessoa me tomaria por mais um homem cinzento no meio da legião de homens cinzentos pendurados em fios invisíveis flutuando no cenário de um presente roubado. Isolado na minha cabine, com o revólver na mão e o olhar perdido na janela, observei aquela interminável noite negra se abrindo como um abismo sobre a terra ensanguentada de todo o país. A raiva de Sanabria seria a minha, e a pele de Candela, minha luz. A ferida que perfurara a minha mão nunca deixaria de sangrar. Ao vislumbrar a planície infinita de Madri despontando na aurora, sorri para mim mesmo. Em poucos minutos meus passos se perderiam no labirinto da cidade, insondáveis. Como sempre, meu mentor me mostrara o caminho, mesmo ausente. Ele sabia que talvez os jornais não falassem de mim, que os livros de história tentariam enterrar o meu nome entre proclamações e quimeras. Pouco importava. Os homens cinzentos seríamos cada vez mais. Em breve estaríamos sentados ao seu lado, num bar ou no ônibus, lendo um jornal ou uma revista. A longa noite da história só estava começando.

A MULHER DE VAPOR

Nunca confessei a ninguém, mas consegui aquele apartamento por um verdadeiro milagre. Laura, que tinha um beijo de tango, trabalhava como secretária para o corretor imobiliário do número dois do primeiro andar. Conheci-a numa noite de julho em que o céu ardia de vapor e desespero. Eu estava dormindo à intempérie, num banco da praça, quando o toque de uns lábios me acordou. "Precisa de um lugar para ficar?" Laura me levou para o portão. O prédio era um desses mausoléus verticais que embruxam a cidade velha, um labirinto de gárgulas e remendos em cujo átrio se lia "1866". Segui-a escada acima, quase tateando. A cada passo o prédio rangia mais que um barco velho. Laura não me perguntou por salário nem documentos. Melhor assim, porque na cadeia não te dão uma coisa nem outra. O apartamentinho do terraço era do tamanho da minha cela, um lugar suspenso na tundra de telhados. "Vou ficar", afirmei. Para falar a verdade, depois de três anos na cadeia eu tinha perdido o sentido do olfato, e ouvir vozes transpirando pelas paredes não era novidade para mim. Laura subia quase todas as noites. Sua pele fria e seu hálito de neblina eram as únicas coisas que não queimavam naquele verão infernal. Ao amanhecer, ela sumia escada abaixo, em silêncio. Durante o dia eu aproveitava para cochilar. Os vizinhos dos andares de baixo eram de uma amabilidade mansa que só a miséria confere. Contei seis famílias, todas com crianças e velhos com cheiro de fuligem e de terra revolvida. Meu favorito era Don Florián, que morava bem embaixo de mim e pintava bonecas por encomenda. Eu passava semanas sem sair do edifício. As aranhas desenhavam arabescos na minha porta. Dona Luisa, do terceiro, sempre me levava algo para comer. Don Florián me emprestava revistas velhas e me desafiava em partidas de dominó. Os pirralhos da escada me chamavam para brincar de esconder. Pela primeira vez na vida eu me sentia bem-vindo, quase querido. À meia-noite, Laura trazia seus dezenove anos envoltos em seda branca e se entregava como se fosse a última vez. Eu a amava até a aurora, saciando-me no seu corpo de tudo o que a vida tinha me roubado. Depois sonhava em branco e preto, como fazem os cachorros e os malditos. Até mesmo despojos da vida como eu têm direito a um pouquinho de felicidade neste mundo. Aquele verão foi o meu. Quando os agentes da prefeitura apareceram, no fim de agosto, pensei que eram policiais. O engenheiro de demolições me disse que não tinha nada contra os *okupas*, mas que, mesmo lamentando muito, iam dinamitar o prédio. "Deve haver algum engano", respondi. Todos os capítulos da minha vida começam com essa frase. Corri escada abaixo até o escritório da imobiliária para falar com Laura. Tudo o que havia lá era um cabide e meio palmo de poeira. Subi até a casa de Don Florián. Cinquenta bonecas sem olhos apodreciam nas trevas. Percorri o edifício em busca de algum morador. Corredores de silêncio se acumulavam embaixo de escombros. "Este prédio está fechado desde 1939, jovem", me informou o engenheiro. "A bomba que matou os ocupantes danificou a estrutura para sempre." Trocamos palavras ásperas. Acho que o empurrei escada abaixo. Dessa vez, o juiz não economizou. Meus velhos colegas tinham guardado o meu beliche: "Afinal, você sempre volta". Hernán, o rapaz da biblioteca, encontrou o recorte com a notícia do bombardeio. Na foto, os corpos estão alinhados dentro de caixões de pinho, desfigurados pela metralha, mas reconhecíveis. Há um sudário de sangue espalhado pelos paralelepípedos da rua. Laura está vestida de branco, com as mãos sobre o peito aberto. Já se passaram dois anos, mas na cadeia se vive ou se morre de lembranças. Os guardas da prisão se acham muito espertos, mas ela sabe burlar a vigilância. À meia-noite, seus lábios me acordam. Traz lembranças de Don Florián e dos outros. "Você vai me amar para sempre, não é mesmo?", pergunta a minha Laura. E eu lhe digo que sim.

GAUDÍ EM MANHATTAN

Anos mais tarde, ao ver o cortejo fúnebre do meu mestre desfilar pelo passeio de Gracia, lembrei o ano em que conheci Gaudí e que mudou o meu destino para sempre. Eu tinha chegado a Barcelona naquele outono, para entrar na escola de arquitetura. Meus sonhos de conquistar a cidade dos arquitetos dependiam de uma bolsa que mal cobria o custo da matrícula e o aluguel de um quarto numa pensão na rua do Carmen. Ao contrário dos meus colegas de estudos com pinta de grã-finos, minhas indumentárias de gala se reduziam a um terno preto, herdado do meu pai, que era cinco números mais largo e dois mais curto que o meu corpo. Em março de 1908 o meu tutor, Don Jaume Moscardó, me convocou ao seu gabinete para avaliar o meu progresso e também, suspeitei, minha infausta aparência.

— Você parece um mendigo, Miranda — sentenciou. — O hábito não faz o monge, mas, já em relação ao arquiteto, são outros quinhentos. Se anda mal de dinheiro, talvez eu possa ajudar. Comenta-se entre os professores que você é um jovem esperto. Diga-me, o que sabe de Gaudí?

"Gaudí." A simples menção desse nome me dava arrepios. Eu tinha crescido sonhando com suas abóbadas impossíveis, seus recifes neogóticos e seu primitivismo futurista. Gaudí era a razão pela qual eu queria me tornar arquiteto; minha maior aspiração, além de não morrer de inanição durante aquele curso, era conseguir absorver um milésimo da matemática diabólica com a qual o arquiteto de Reus, meu moderno Prometeu, sustentava o traço de suas criações.

— Sou o maior admirador dele — atinei a responder.

— Era o que eu temia.

Detectei no tom da sua voz aquele laivo de condescendência com que se costumava, já nessa época, falar de Gaudí. Em toda parte tocavam sinos fúnebres para aquilo que alguns chamavam de modernismo e outros, simplesmente, de afronta ao bom gosto. A nova guarda urdia uma doutrina de concisão, insinuando que aquelas fachadas barrocas e delirantes que, com o passar dos anos, acabariam conformando o rosto da cidade, deviam ser crucificadas publicamente. Gaudí começou a ter uma reputação de louco antissocial e celibatário, um iluminado que desprezava o dinheiro (o mais imperdoável dos seus crimes) e que tinha como única obsessão a construção de uma catedral fantasmagórica em cuja cripta passava a maior parte do tempo, vestido como um mendigo, tramando planos que desafiavam a geometria e convencido de que seu único cliente era o Altíssimo.

— Gaudí é um lunático — prosseguiu Moscardó. — Agora quer colocar uma Virgem do tamanho do Colosso de Rodes em cima da casa Milá, em pleno Passeio de Gracia. *Té collons.** Mas, esteja louco ou não, e que isto fique entre nós, nunca houve nem haverá outro arquiteto como ele.

---

* Catalão: "Tem colhões", expressão usada no sentido de "que abusado", "que atrevimento". (N. T.)

— Eu tenho a mesma opinião — aventurei.

— Então já sabe que não vale a pena tentar tornar-se o sucessor dele.

O augusto catedrático deve ter lido o desânimo em meu olhar.

— Mas talvez possa tornar-se um ajudante. Um dos Llimona me comentou que Gaudí está precisando de alguém que fale inglês, não me pergunte para quê. O que ele precisa é de um intérprete de castelhano, porque o cretino se nega a falar outra língua que não seja o catalão, especialmente quando é apresentado a ministros, infantas e príncipes mirins. Eu me ofereci para arranjar um candidato. *Du iú ispic inglich,* Miranda?

Engoli em seco e conjurei Maquiavel, santo padroeiro das decisões rápidas.

— *A litol.*

— Pois *congratuleixons*, e que Deus o abençoe.

Naquela mesma tarde, já rondando o crepúsculo, dirigi-me para a Sagrada Família, em cuja cripta Gaudí tinha o seu estúdio. Naquele tempo, o Ensanche se fragmentava à altura do passeio de San Juan. Mais adiante, estendia-se uma miragem de campos, fábricas e prédios soltos que se erguiam como sentinelas solitárias na retícula de uma Barcelona prometida. Pouco depois, as agulhas da abside do templo se perfilaram no crepúsculo, adagas contra um céu escarlate. Um guardião me esperava na entrada das obras com um lampião a gás. Eu o segui através de pórticos e arcos, até a escada que descia para a oficina de Gaudí. Entrei na cripta com o coração pulsando nas têmporas. Um jardim de criaturas fabulosas balançava na sombra. No centro do estúdio, quatro esqueletos pendiam da abóbada num macabro balé de estudos anatômicos. Debaixo dessa tramoia espectral, deparei com um homenzinho de cabelo grisalho, os olhos mais azuis que vi na minha vida e o olhar de quem vê tudo o que os outros só podem sonhar. Ele deixou de lado o caderno onde estava esboçando algo e sorriu para mim. Tinha um sorriso de menino, de magia e mistérios.

— Moscardó já deve ter-lhe dito que estou com um *llum** e que nunca falo espanhol. Falar eu falo, mas só para contrariar. O que não falo é inglês, e neste sábado embarco para Nova York. *Vostè si que el parla l'anglès, oi, jove?***

Naquela noite eu me senti o homem mais venturoso do universo partilhando com Gaudí uma conversa e metade do seu jantar: um punhado de nozes e folhas de alface com azeite de oliva.

— Sabe o que é um arranha-céu?

Por falta de experiência pessoal na matéria, desempoeirei as noções que havia recebido na faculdade sobre a Escola de Chicago, as estruturas de alumínio e a invenção do momento, o elevador Otis.

— Bobagens — atalhou Gaudí. — Um arranha-céu é simplesmente uma catedral para gente que, em vez de acreditar em Deus, acredita no dinheiro.

Assim fiquei sabendo que Gaudí tinha recebido uma proposta de um magnata para construir um arranha-céu em plena ilha de Manhattan e que a minha função era servir de intérprete na reunião que iria acontecer alguns dias depois, no Waldorf-Astoria, entre Gaudí e o enigmático potentado. Passei os três dias seguintes trancado na minha pensão relendo as gramáticas de inglês como se estivesse possuído. Na sexta-feira ao amanhecer, tomamos um

---

* Estar com um *llum* ("luz" em catalão): estar louco. (N. T.)
** Catalão: "Você fala inglês, não é, meu jovem?". (N. T.)

trem para Calais, de onde iríamos cruzar o canal na direção de Southampton para ali embarcar no *Lusitania*. Tão logo subimos a bordo do cruzeiro, Gaudí se retirou para o camarote, envenenado de saudade da sua terra. Não saiu até o crepúsculo do dia seguinte, quando o encontrei sentado na proa, a contemplar o sol sangrando num horizonte aceso de safira e cobre. "*Això si que és arquitectura, feta de vapor i de llum. Si vol aprendre, há d'estudar la natura.*"* A travessia se transformou para mim num curso acelerado e deslumbrante. Passávamos as tardes passeando pela coberta e falando de planos e de sonhos, e até da vida. Não tendo outra companhia e possivelmente intuindo a adoração religiosa que me inspirava, Gaudí me ofertou sua amizade e me mostrou os rascunhos que fizera do seu arranha-céu, uma agulha wagneriana que, tornando-se realidade, podia vir a ser o objeto mais prodigioso jamais construído pela mão do homem. As ideias de Gaudí me deixavam sem respiração, e mesmo assim não pude deixar de notar que não havia calor nem interesse em sua voz ao comentar o projeto. Na noite anterior à nossa chegada, finalmente me atrevi a fazer a pergunta que me corroía por dentro desde que zarpamos: por que ele desejava embarcar num projeto que podia durar meses, ou anos, distante da sua terra e principalmente da obra que se tornara o objetivo da sua vida? "*De vegades, per fer l'obra de Déu cal la mà del dimoni.*"** Então me confessou que, se aceitasse erigir aquela torre babilônica no coração de Manhattan, seu cliente se comprometeria a financiar a conclusão da Sagrada

---

* Catalão: "Isso é que é arquitetura, feita de vapor e de luz. Se você quer aprender, tem que estudar a natureza". (N. T.)
** Catalão: "Às vezes é preciso a mão do diabo para fazer a obra de Deus". (N. T.)

Família. Ainda me lembro das suas palavras: *"Déu não té pressa, però jo no viuré per sempre..."*.*

Chegamos a Nova York num fim de tarde. Uma neblina malévola reptava entre as torres de Manhattan, a metrópole perdida em fuga sob um céu púrpura de tempestade e enxofre. Uma carruagem preta estava nos esperando nos cais de Chelsea e imediatamente nos levou através de cânions tenebrosos para o centro da ilha. Espirais de vapor brotavam entre as pedras do chão e um enxame de bondes, carruagens e mecanoides estrondosos percorria furiosamente aquela cidade de colmeias infernais empilhadas sobre mansões de fábula. Gaudí observava todo aquele espetáculo com um olhar sombrio. Quando entramos na Quinta Avenida e vislumbramos a silhueta do Waldorf-Astoria, um mausoléu de mansardas e torreões sobre cujas cinzas se ergueria vinte anos depois o Empire State Building, sabres de luz sanguinolenta que desciam das nuvens apunhalavam a cidade. O diretor do hotel veio pessoalmente nos dar boas-vindas, informando que o magnata nos receberia ao anoitecer. Eu ia traduzindo na hora; Gaudí se limitava a assentir com a cabeça. Fomos levados para um quarto luxuoso, no sexto andar, de onde podia-se contemplar toda a cidade mergulhando no crepúsculo.

Dei uma boa gorjeta ao rapaz, e assim descobri que o nosso cliente morava numa suíte situada no último andar e que nunca saía do hotel. Quando lhe perguntei que tipo de pessoa ele era e que aparência tinha, ele respondeu que nunca o tinha visto e se despediu às pressas. Ao chegar a hora da nossa reunião, Gaudí se levantou e me olhou com cara de angústia. Um ascensorista vestido de escarlate estava à nossa espera no fim do corredor. Enquanto

---

* Catalão: "Deus não tem pressa, mas eu não viverei para sempre". (N. T.)

subíamos, notei que Gaudí estava pálido, quase incapaz de segurar a pasta com os seus esboços.

Chegamos a um vestíbulo de mármore de onde partia uma galeria comprida. O ascensorista fechou a porta do elevador às nossas costas e a luz da cabine se perdeu nas profundezas. Foi então que notei a chama de uma vela avançando pelo corredor em nossa direção. Vinha nas mãos de uma figura esbelta, toda vestida de branco. Uma longa cabeleira negra emoldurava o rosto mais pálido que eu já vi, com dois olhos azuis que se cravavam na alma. Dois olhos idênticos aos de Gaudí.

— *Welcome to New York.*

Nosso cliente era uma mulher. Uma mulher jovem, de uma beleza perturbadora, quase dolorosa de ver. Um cronista vitoriano a descreveria como um anjo, mas não vi nada de angélico em sua presença. Seus movimentos eram felinos; seu sorriso, reptil. A dama nos levou até uma sala cheia de penumbras e véus que se acendiam com o fulgor da tempestade. Ali nos sentamos. Um por um, Gaudí foi mostrando seus bosquejos enquanto eu traduzia suas explicações. Uma hora, ou uma eternidade, depois, a dama pousou o olhar em mim e, lambendo o batom, insinuou que naquele momento eu devia deixá-la a sós com Gaudí. Olhei de esguelha para o mestre. Gaudí fez que sim com a cabeça, impenetrável.

Contrariando os meus instintos, obedeci e me dirigi para o corredor, onde a cabine do elevador já estava abrindo as portas. Parei um instante, e quando olhei para trás, vi que a dama se inclinava sobre Gaudí e que, segurando seu rosto entre as mãos com uma ternura infinita, beijou-o nos lábios. Nesse momento, o bafejo de um relâmpago brilhou na sombra e, por um instante, pareceu que ao lado de Gaudí não havia uma dama, e sim uma figura escura e cadavérica, com um grande cão negro estendido aos seus pés. A última coisa que vi antes que a porta do elevador se fechasse foram as lágrimas no rosto de Gaudí, ardentes como pérolas envenenadas. De volta ao meu quarto, fui me deitar com a mente sufocada de náusea e sucumbi a um sono cego.

Quando as primeiras luzes do dia roçaram o meu rosto, corri para o quarto de Gaudí. A cama estava intacta e não havia sinais do mestre. Desci à recepção e perguntei se alguém sabia dele. Um porteiro me disse que uma hora antes o vira sair e desaparecer Quinta Avenida acima, onde um bonde quase o atropelara. Sem poder explicar muito bem por quê, eu sabia exatamente onde encontrá-lo. Percorri dez quadras até a catedral de St. Patrick, deserta àquela hora matutina.

Da entrada da nave vislumbrei a silhueta do mestre ajoelhado em frente ao altar. Fui até lá e me sentei ao seu lado. Tive a impressão de que seu rosto tinha envelhecido vinte anos em uma noite, assumindo aquele ar ausente que o acompanharia até o fim dos seus dias. Perguntei-lhe quem era aquela mulher. Gaudí me olhou, perplexo. Nesse momento entendi que só eu tinha visto a dama de branco e, mesmo sem me atrever a imaginar o que Gaudí tinha visto, tive a certeza de que seu olhar era o mesmo. Nessa mesma tarde embarcamos de volta. Estávamos a contemplar Nova York se desvanecendo no horizonte quando Gaudí pegou a pasta com os seus esboços e jogou-a pela amurada. Horrorizado, perguntei-lhe de onde sairiam os recursos necessários para concluir as obras da Sagrada Família. *"Déu no té pressa i jo no puc pagar el preu que se'm demana."**

---

* Catalão: "Deus não tem pressa e eu não posso pagar o preço que me pedem". (N. T.)

Durante a travessia lhe perguntei mil vezes que preço era esse e qual a identidade do cliente que tínhamos visitado. Mil vezes ele me sorriu, cansado, negando em silêncio. Chegando a Barcelona, meu emprego de intérprete não tinha mais razão de ser, mas Gaudí me convidou para visitá-lo sempre que quisesse. Voltei para a rotina da faculdade, onde Moscardó aguardava ansioso para me sondar.

— Fomos a Manchester conhecer uma fábrica de rebites, mas voltamos três dias depois porque Gaudí diz que os ingleses só comem boi cozido e têm ojeriza à Virgem.

— *Té collons*.

Tempos depois, numa das minhas visitas ao templo, descobri num dos frontões um rosto idêntico ao da dama de branco. Sua figura, entrelaçada num redemoinho de serpentes, insinuava um anjo de asas afiadas, luminoso e cruel. Gaudí e eu nunca mais voltamos a falar do que aconteceu em Nova York. Aquela viagem seria para sempre o nosso segredo. Com o passar dos anos, acabei me tornando num arquiteto aceitável e, graças à recomendação do meu mestre, consegui um emprego no estúdio de Hector Guimard, em Paris. Foi lá que recebi, vinte anos depois daquela noite em Manhattan, a notícia da morte de Gaudí. Peguei o primeiro trem para Barcelona e cheguei justo a tempo de ver passar o cortejo fúnebre que o acompanhava até sua sepultura, na mesma cripta onde tínhamos nos conhecido. Nesse dia mandei a Guimard o meu pedido de demissão. Ao entardecer, refiz o trajeto que tinha percorrido até a Sagrada Família no meu primeiro encontro com Gaudí. A cidade já estava abraçando o espaço das obras, enquanto a silhueta do templo escalava um céu sangrado de estrelas. Fechei os olhos e, por um instante, pude vê-lo terminado como só Gaudí o vira em sua imaginação. Nesse momento entendi que ia dedicar minha vida a continuar a obra do meu mestre, consciente de que, mais cedo ou mais tarde, teria que entregar as rédeas a outros e estes, por sua vez, fariam o mesmo. Porque, embora Deus não tenha pressa, Gaudí, onde quer que esteja, continua esperando.

APOCALIPSE EM DOIS MINUTOS

O dia em que o mundo acabou me surpreendeu no cruzamento da Quinta com a rua 57, olhando o celular. Uma ruiva de olhos prateados virou-se para mim e disse:

— Já notou que quanto mais inteligentes são os celulares, mais burras se tornam as pessoas?

Parecia uma das esposas de Drácula depois de fazer a festa numa loja de artigos góticos.

— Posso ajudar em alguma coisa, senhorita?

Ela respondeu que o mundo estava chegando ao fim. Os Serviços Jurídicos Celestiais tinham emitido uma ordem de despejo por mau funcionamento; ela era um anjo caído, enviada do subsolo para ajudar pobres almas como a minha a partir de forma organizada para o décimo círculo do inferno.

— Pensava que lá embaixo só havia nove círculos — rebati.

— Tivemos que incluir mais um, para aqueles que viveram sua vida como se fossem viver para sempre.

Eu nunca tinha levado a sério minha medicação, mas bastava dar uma olhada naqueles olhos argentados para saber que ela dizia a verdade. Notando minha aflição, anunciou que, como eu não tinha trabalhado no setor financeiro, me concedia três desejos antes que o *big bang* fosse rebobinado e o universo implodisse para voltar a ser um grão-de-bico.

— Escolha sabiamente.

Pensei um pouco no assunto.

— Quero saber o sentido da vida, quero descobrir onde encontrar o melhor sorvete de chocolate do mundo e quero me apaixonar — declarei.

— A resposta aos seus dois primeiros desejos é a mesma.

Quanto ao terceiro, ela me deu um beijo que tinha o gosto de toda a verdade do mundo e me fez querer ser um homem decente. Fomos dar um passeio de despedida pelo parque e depois tomamos um elevador para subir até o ponto mais alto do venerável hotel de capitéis góticos que havia no outro lado da rua, de onde vimos em grande estilo o mundo partir.

— Eu te amo — declarei.

— Eu sei.

Ficamos ali de mãos dadas, vendo uma avalanche avassaladora de nuvens carmesins cobrir o céu, e chorei, finalmente me sentindo feliz.

BIBLIOGRAFIA

Os relatos "Blanca e o adeus", "Sem nome" e "Uma senhorita de Barcelona" são publicados aqui pela primeira vez.

"Rosa de fogo" foi publicado em *Magazine* em 2012.

"O príncipe do Parnaso" foi publicado em edição não comercial pela Planeta em 2012.

"Lenda de Natal" foi publicado em *La Vanguardia* em 2004 e em 2020.

"Gaudí em Manhattan" foi publicado em *La Vanguardia* em 2002 e em 2020. Fez parte da obra intitulada *A mulher de vapor*, publicada em 2005 pela Planeta, em edição não comercial, junto com "A mulher de vapor".

"Alicia, ao amanhecer" foi publicado em 2008 pela Planeta, em edição não comercial, junto com "Homens cinzentos".

"A mulher de vapor" deu título à obra *A mulher de vapor*, publicada em 2005 pela Planeta, em edição não comercial, junto com "Gaudí em Manhattan".

"Apocalipse em dois minutos" saiu em *The Cultivating thought author series*, de Chipotle, dirigida por Jonathan Safran Foer. Traduzida do inglês por Alex Guarda Berdiell.

ESTA OBRA FOI COMPOSTA PELA ABREU'S SYSTEM EM CAPITOLINA REGULAR E IMPRESSA EM OFSETE PELA LIS GRÁFICA SOBRE PAPEL PÓLEN SOFT DA SUZANO S.A. PARA A EDITORA SCHWARCZ EM NOVEMBRO DE 2021

A marca FSC® é a garantia de que a madeira utilizada na fabricação do papel deste livro provém de florestas que foram gerenciadas de maneira ambientalmente correta, socialmente justa e economicamente viável, além de outras fontes de origem controlada.